哈福

哈福

# 第一次學 Taiwanese Made Easy 增訂版

# 台灣話 超簡單！

從零開始
1秒開口說

初學台語最強入門書
馬上和台灣人聊開來

好快！一天就會說台灣話

附QR碼線上音檔
行動學習 即刷即聽

張瑪麗 ◎編著

哈福

# 好快！一天就會說台灣話

　　漢語是聯合國官方語言，又稱中文、華文、中國話；日本、韓國則稱為中國語。目前全球有六分之一人口，使用漢語作為母語。漢語口語主要分為官話、吳語、湘語、贛語、粵語、客家語、閩語等七種，台灣話簡稱台語，是屬於閩語中的閩南語。

　　在當今社會中，台語已成為人和人之間溝通的重要語言，近年來本土意識抬頭，台語廣被提倡，納入學校教學項目，從經常舉行的台語演講、辯論賽等，可見學台語的熱烈風氣。不少政府官員還要特地學些台語，增加自己的親和力。一般人多學點台語，無論是親友間的交際應酬或商務往來，都能增加彼此的親切感，對於業務推廣更是無往不利。

　　本書採用台灣閩南語音標系統，標注台語羅馬拼音，幫助讀者迅速掌握台語發音。精選使用頻率最高的會話、單字，分類編排，採中文、台語、台語羅馬拼音對照，易學易懂，可以馬上套用。日常生活面臨到的會話、字彙，盡在本書中，看拼音，就能立刻說台語，完全沒有學習的負擔，開口流利又道地，輕鬆學好當紅的台語。

## 本書分二部份：

### Part 1　會話篇

　　本書專為沒有台語發音基礎的人，在沒有任何學習壓力下，馬上能夠開口說台語，和台灣人聊天。所以利用「台語羅馬拼音」輔助，讓學台語變得好輕鬆、好自然。

　　從台語單字會話學起，精心收集台灣人使用頻率最高的會話和單字，依據情境、分類編排，快速掌握必備單字會話，很快的台語就能流利上口。

## Part 2　單字篇

　　3000 精華單字速成，這個部份是，採圖文式自然學習法，精選基礎單字，以最簡易的句子表達，台語部分特加上羅馬拼音對照，懂 ABC 就能開口説台語，易學易懂，可以馬上套用，立刻開口説台語，完全沒有學習的負擔，流利又道地，輕鬆學好台語。幫助讀者快速學習，達到溝通目的。

　　單字是學好外語的根本，本書內容豐富活潑、簡單易學，可做中文、台語對照對照小辭典，是短時間、高效率台語最佳學習工具書。

　　想要成功學好台語的秘訣，就是抓緊機會、實際運用，本書特聘專業錄音老師，示範台語發音，請跟著本書的線上 MP3 多聽多練，學習純正道地的台語，有助你掌握實際的發音技巧，加強聽説能力。

　　本書內容精彩活潑，讓你可以突破語言隔閡，方便國人學習，對於外國人或不同省分的人，能用台語和本地人溝通，不但觀光旅遊能盡興，商務往來也能得心應手。不論是跟團、自助旅行，或洽公、商貿、工作、求學都能更便利。

第三章 玩在台灣

# 拼音介紹

　　本書的音標是採用「台灣閩南語的音標系統」（簡稱 TLPA）。每個字的音標分為兩部分，前面是英文拼音，後面的阿拉伯數字代表聲調。

　　以下有五種簡單的對照表，分聲母、介音、韻母三種主要的音標，另有二種輕音音標。將台語音標與一般的國語注音符號以及國語羅馬拼音做對照，讓讀者在閱讀音標時可以輕鬆上手，迅速掌握台語發音。

　　要注意的是，由於閩南語屬於各地方言，音調複雜，國語注音符號或是羅馬拼音還是無法囊括所有發音，只能採近似與雷同的，其他特殊發音，讀者還是應參考線上 MP3 輔助學習。

## 一、聲母（頭音）

| TLPA | 國語注音符號 | 國語羅馬拼音 |
| --- | --- | --- |
| p | ㄅ | b |
| ph | ㄆ | p |
| b、m | ㄇ | m |
| t | ㄉ | d |
| th | ㄊ | t |
| n | ㄋ | n |
| l | ㄌ | l |
| k | ㄍ | g |
| kh | ㄎ | k |
| h | ㄏ | h |
| c | ㄐ | j(i) |
| ch | ㄑ | ch(i) |
| s | ㄒ | sh(i) |
| c | ㄓ | j |
| ch | ㄔ | ch |
| su | ㄕ | sh |
| j | ㄖ | r |
| c | ㄗ | tz |

| ch | ㄘ | ts |
|---|---|---|
| s | ㄙ | s |
| i | ㄧ | i |
| gu、u | ㄨ | u |
| oo、o | ㄛ、ㄡ | o |

## 二、介音（中音）

| TLPA | 國語注音符號 | 國語羅馬拼音 |
|---|---|---|
| i | ㄧ | i |
| u | ㄨ | u |

## 三、韻母（尾音）

| TLPA | 國語注音符號 | 國語羅馬拼音 |
|---|---|---|
| a | ㄚ | a |
| e | 耶 | ei |
| i | ㄧ | i |
| oo | ㄛ | o |
| o | ㄡ | o |
| u | ㄨ | u |
| an | ㄢ | an |
| ang | ㄤ | ang |
| ai | ㄞ | ai |
| ah | ㄚ | a |
| au | ㄠ | au |
| eh | 耶 | ei |
| m | 無 | m |
| n | ㄣ | en |
| ng | ㄥ | eng |

## 四、字尾輕音

| TLPA | 國語注音符號 | 國語羅馬拼音 |
|---|---|---|
| p | ㄅ | p |
| t | ㄉ | t |

| k | ㄍ | k |
|---|---|---|

說明：通常用於台語中極短促的發音。

## 五、字尾鼻音

| TLPA | 國語注音符號 | 國語羅馬拼音 |
|---|---|---|
| m | 無 | m |
| n | ㄣ | n |
| nn | 無 | n（鼻音加重） |

說明：此處發音如國際音標一樣，也就是如同英文發音。

## 聲調介紹

　　閩南語共有十個音，依序為 0、1、2、3、4、5、6、7、8、9，放於拼音之後。這九個音中只有四個音與國語注音相同，其餘有些許變化。

　　另外，有些音在句子中因為與前後單字順讀，所以音調會有所改變，讀者在學習時要配合線上 MP3，多加練習揣摩。

### 閩南語和國語聲調對照表

| TLPA | | 國語注音符號 | 例子 |
|---|---|---|---|
| 0 | ˙（輕音） | a0 | 啊 |
| 1 | 一聲 | kim | 金 |
| 2 | ˋ（四聲略帶三聲） | chiu2 | 手 |
| 3 | ˋ（四聲） | chio3 | 笑 |
| 4 | 近四聲，發音短促 | kok4 | 國 |
| 5 | ˊ（二聲） | gu5 | 牛 |
| 6 | ˇ（三聲，同2，平常多不用） | | |
| 7 | ˇ（近三聲，音調略低） | png7 | 飯 |
| 8 | 近四聲，發音短促，音調略低 | hap8 | 合 |
| 9 | 合音，語調拉長 | hoo9 | 喔～ |

# Part 1

## 會話篇

# 問候篇

## ❶ 打招呼

**聊天室**

| 中文 | 台灣話／台語羅馬拼音 |
|---|---|
| 您好！ | 你好！<br>li2-ho2 |
| 大家好。 | 達家好。<br>tak8-ke-ho2 |
| 最近好不好？ | 最近好無？<br>cue3-kin7-ho2-bo0 |
| 不錯。 | 未壞。<br>be7-bai2 |
| 再見。 | 再見。<br>cai3-kian3 |
| 明天見。 | 明仔載再見。<br>bin5-a2-cai3-cai3-kian3 |
| 你的身體好不好？ | 你的身體好無？<br>li2-e5-sin-the2-ho2-bo0 |
| 謝謝，我很好。 | 多謝，我誠好。<br>to-sia7,gua2-ciann5-ho2 |
| 好久不見了。 | 真久無見面啊。<br>cin-ku2-bo5-kinn3-bin7-a0 |
| 看見你真好。 | 看著你誠好。<br>khuann3-tioh8-li2-ciann5-ho2 |

| 中文 | 台灣話／台語羅馬拼音 |
|---|---|
| 請保重。 | 請保重。<br>ciann2-po2-tiong7 |
| 謝謝你對我的關心。 | 多謝你對我的關心。<br>to-sia7-li2-tui3-gua2-e5-kuan-sim |
| 你要出去啊？ | 你欲出去喔？<br>li2-beh4-chut4-khi0-oh4 |
| 路上請小心。 | 路上愛細膩。<br>loo7-siong7-ai3-se3-ji7 |

### 補充句

| 中文 | 台灣話／台語羅馬拼音 |
|---|---|
| 你吃飽了沒？ | 你食飽未？<br>li2-ciah8-pa2-bue7 |
| 有人在家嗎？ | 有人佇咧厝無？<br>u7-lang5-ti7-leh0-bo0 |
| 你要去哪裡？ | 你欲去陀位？<br>li2-beh4-khi3-to2-ui7 |
| 慢走啊。 | 順行啊。<br>sun7-kiann5-a0 |
| 你會講台語嗎？ | 你敢會曉講台語？<br>li2-kam2-e7-hiau2-kong2-tai5-gi2 |
| 我會講一點英語。 | 我會曉講一屑仔英語。<br>gua2-e7-hiau2-kong2-cit8-sut-a2-ing-gi2 |

### 單字補給站

| 中文 | 台灣話 | 台語羅馬拼音 |
|---|---|---|
| 早安 | 高早 | gau5-ca2 |
| 午安 | 午安 | goo2-an |
| 晚安 | 晚安 | buan2-an |
| 您好 | 恁好 | lin2-ho2 |

| 中文 | 台灣話 | 台語羅馬拼音 |
|---|---|---|
| **再見** | 再見 | cai3-kian3 |
| **身體** | 身體 | sin-the2 |
| **謝謝** | 多謝 | to-sia7 |
| **保重** | 保重 | po2-tiong7 |
| **關心** | 關心 | kuan-sim |
| **出去** | 出去 | chut4-khi0 |
| **回來** | 倒轉來 | to3-tng2-lai0 |
| **小心** | 細膩 | se3-ji7 |
| **慢走** | 順行 | sun7-kiann5 |
| **台語** | 台語 | tai5-gi2 |
| **英語** | 英語 | ing-gi2 |
| **日本語** | 日本話 | jit8-pun2-ue7 |
| **法語** | 法國話 | huat4-kok4-ue7 |
| **韓語** | 韓國話 | han5-kok4-ue7 |

## 台語現學現賣

打招呼

❶ 早安　　　　高早　　　　　　gau5-ca2

❷ 午安　　　　午安　　　　　　goo2-an

| ❸ 晚安 | 晚安 | buan2-an |
| ❹ 再見 | 再見 | cai3-kian3 |

# ❷ 表達問候

## 聊天室

| 中文 | 台灣話／台語羅馬拼音 |
|---|---|
| 陳先生，您好！ | 陳先生，你好！<br>tan5-sian-sinn,li2-ho2 |
| 您好，最近在忙什麼？ | 你好，最近底咧無閒啥米？<br>li2-ho2,cue3-kin7-ti7-leh0-bo5-ing5-siann2-mih8 |
| 還是老樣子。 | 抑是同款。<br>a2-si7-kang5-khuann2 |
| 有空請來我家玩。 | 有閒請來阮兜七桃。<br>u7-ing5-chiann2-lai5-gun2-tau-chit4-tho5 |
| 需要幫忙嗎？ | 需要鬥跤手無？<br>su-iau3-tau3-kha-chiu2-bo0 |
| 不用了，謝謝你。 | 免啊，多謝你。<br>bian2-a0,to-sia7-li2 |
| 現在的生活怎麼樣？ | 這嘛的生活過了按怎？<br>cit4-ma2-e5-sing-uah8-kue3-liau2-an2-cuann2 |
| 差不多已經習慣了。 | 差不多已經慣勢啊。<br>cha-put4-to-i2-kenn-kuan3-si3-a0 |

## 補充句

| 中文 | 台灣話／台語羅馬拼音 |
|---|---|
| 你家裡好嗎？ | 你厝內好無？<br>li2-chu3-lai7-ho2-bo0 |

| 中文 | 台灣話／台語羅馬拼音 |
|---|---|
| 有空來坐。 | 有閒來坐。<br>u7-ing5-lai5-ce7 |
| 我自己來就好，謝謝。 | 我家己來著好，多謝。<br>gua2-ka-ti7-lai5-tioh8-ho2,to-sia7 |

## 代換練習

| 中文 | 台灣話／台語羅馬拼音 |
|---|---|
| 請向陳太太問好。 | 請向陳太太問好。<br>chiann2-hiong3-tan5-thai3-thai3-mng7-ho2 |
| 請向你全家問好。 | 請向恁全家問好。<br>chiann2-hiong3-lin2-cuan5-ka-mng7-ho2 |
| 請向陳爺爺問好。 | 請向陳阿公問好。<br>chiann2-hiong3-tan5-a-kong-mng7-ho2 |

## 單字補給站

| 中文 | 台灣話 | 台語羅馬拼音 |
|---|---|---|
| 您好 | 您好 | li2-ho2 |
| 老樣子 | 同款按呢生 | kang5-khuann2-an3-ne-senn |
| 有空 | 有閒 | u7-ing5 |
| 幫忙 | 鬥跤手 | tau3-kha-chiu2 |
| 生活 | 生活 | sing-uah8 |
| 習慣 | 慣勢 | kuan3-si3 |
| 問好 | 問好 | mng7-ho2 |

# 時間和天氣篇

## ❶ 時間用語

### 聊天室

| 中文 | 台灣話／台語羅馬拼音 |
|---|---|
| 現在幾點了？ | 這嘛幾點啊？<br>cit4-ma2-kui2-tiam2-a0 |
| 現在是上午十點整。 | 這嘛是早起十點。<br>cit4-ma2-si7-cai2-khi2-cap8-tiam2 |
| 我約朋友中午一起吃飯。 | 我約朋友中到做伙吃飯。<br>gua2-iok4-ping5-iu2-tiong-tau3-co5-hue2-ciah8-png7 |
| 趕緊出門了，不然會遲到。 | 趕緊出門了，若無會遲到。<br>kuann2-kin2-chut4-mng5-a0,na7-bo5-e7-ti5-to3 |
| 去凱悅飯店要花多久時間？ | 去凱悅飯店需要外濟時間？<br>khi3-khai2-uat8-png7-tiam3-su-iau3-gua7-ce7-si5-kan |
| 從這裡坐車去要半小時。 | 對遮坐車去需要半小時。<br>tui5-cia-ce7-chia-khi3-su-iau3-puann3-sio2-si5 |
| 你幾點上班？ | 你幾點上班？<br>li2-kui2-tiam2-siong7-pan |

| 中文 | 台灣話／台語羅馬拼音 |
|---|---|
| 我九點鐘上班。 | 我九點上班。<br>gua2-kau2-tiam2-siong7-pan |
| 你幾點下班？ | 你幾點下班？<br>li2-kui2-tiam2-ha7-pan |
| 我下午六點下班。 | 我下晡六點下班。<br>gua2-e7-poo-liok8-tiam2-ha7-pan |
| 你上英文課要多久？ | 你上英文課需要偌久？<br>li2-siong7-ing-bun5-kho3-su-iau3-lua7-gu2 |
| 一堂課要上一個半鐘頭。 | 一堂課需要上一點半鐘。<br>cit8-tong5-kho3-su-iau3-siong7-cit8-tiam2-puann3-cing |

補充句

| 中文 | 台灣話／台語羅馬拼音 |
|---|---|
| 現在是上午十點半。 | 這嘛是早起十點半。<br>cit4-ma2-si7-cai2-khi2-cap8-tiam2-puann3 |
| 差十五分就十一點了。 | 差十五分著十一點啊。<br>cha-cap8-goo7-hun-tioh8-cap8-it-tiam2-a0 |
| 十一點又過十分了。 | 十一點擱過十分啊。<br>cap8-it4-tiam2-koh4-kue3-cap8-hun7-a0 |
| 幾點要開會？ | 幾點欲開會？<br>kui2-tiam2-beh4-khui-hue7 |
| 我一天工作八小時。 | 我一工做康傀八點鐘。<br>gua2-cit8-kang-co3-khang-khue3-peh4-tiam2-cing |

| 中文 | 台灣話／台語羅馬拼音 |
|---|---|
| 我忘記帶手錶了。 | 我未記挃手錶仔啊。<br>gua2-be7-ki3-cah4-ciu2-pio2-a2-a0 |

## 單字補給站

| 中文 | 台灣話 | 台語羅馬拼音 |
|---|---|---|
| 出門 | 出門 | chut4-mng5 |
| 遲到 | 遲到 | ti5-to3 |
| 坐車 | 坐車 | ce7-chia |
| 上班 | 上班 | siong7-pan |
| 下班 | 下班 | ha7-pan |
| 上課 | 上課 | siong7-kho3 |
| 開會 | 開會 | khui-hue7 |
| 工作 | 康傀 | khang-khue3 |
| 手錶 | 手錶仔 | ciu2-pio2-a2 |
| 時鐘 | 時鐘 | si5-cing |
| 鬧鐘 | 鬧鐘 | nau7-cing |

現在幾點鐘？

| | | |
|---|---|---|
| ❶ 九點鐘 | 九點 | kau2-tiam2 |
| ❷ 上午十點 | 早起十點 | cap8-tiam2 |
| ❸ 十點半 | 十點半 | cap8-tiam2-puann3 |
| ❹ 下午六點 | 下晡六點 | e7-poo-liok8-tiam2 |

## ❷ 今天星期幾？　　　　　　　　MP3-5

聊天室

| 中文 | 台灣話／台語羅馬拼音 |
|---|---|
| 今天是星期幾了？ | 今仔日是拜幾啊？<br>kin-a2-jit8-si7-pai3-kui2-a0 |
| 今天是星期一。 | 今仔日是拜一。<br>kin-a2-jit8-si7-pai3-it |
| 母親節是什麼時候？ | 母親節是啥米時陣？<br>bu2-chin-ciat4-si7-siann2-mih8-si5-cun7 |

20

| 中文 | 台灣話／台語羅馬拼音 |
|---|---|
| 下個禮拜天就到了。 | 後禮拜就到啊。<br>au7-le2-pai3-to7-kau3-a0 |

## 代換練習

| 中文 | 台灣話／台語羅馬拼音 |
|---|---|
| 今天是星期二。 | 今仔日是拜二。<br>kin-a2-jit8-si7-pai3-ji7 |
| 今天是星期三。 | 今仔日是拜三。<br>kin-a2-jit8-si7-pai3-sann |
| 今天是星期四。 | 今仔日是拜四。<br>kin-a2-jit8-si7-pai3-si3 |
| 今天是星期五。 | 今仔日是拜五。<br>kin-a2-jit8-si7-pai3-goo7 |
| 今天是星期六。 | 今仔日是拜六。<br>kin-a2-jit8-si7-pai3-lak8 |
| 今天是星期日。 | 今仔日是禮拜。<br>kin-a2-jit8-si7-le2-pai3 |

## 單字補給站

| 中文 | 台灣話 | 台語羅馬拼音 |
|---|---|---|
| 星期一 | 拜一 | pai3-it4 |
| 星期二 | 拜二 | pai3-ji7 |
| 星期三 | 拜三 | pai3-sann |
| 星期四 | 拜四 | pai3-si3 |
| 星期五 | 拜五 | pai3-goo7 |
| 星期六 | 拜六 | pai3-lak8 |
| 星期日 | 禮拜 | le2-pai3 |

### 聊天室

| 中文 | 台灣話／台語羅馬拼音 |
|---|---|
| 今天是幾月幾號？ | 今仔日是幾月幾號？<br>kin-a2-jit8-si7-kui2-gueh8-kui2-ho7 |
| 今天是一月一號。 | 今仔日是一月一號。<br>kin-a2-jit8-si7-it-gueh8-it-ho7 |
| 婦女節是哪一天？ | 婦女節是都一工？<br>hu7-lu2-ciat4-si7-to2-cit8-kang |
| 三月八號。 | 三月八號。<br>sann-gueh8-peh4-ho7 |
| 五月一號有放假嗎？ | 五月一號有放假無？<br>goo7-gueh8-it-ho7-u7-hong3-ka2-bo0 |
| 五月一號是勞動節有放假。 | 五月一號是勞動節有放假。<br>goo7-gueh8-it-ho7-si7-lo5-tong7-ciat4-u7-hong3-ka2 |

### 代換練習

| 中文 | 台灣話／台語羅馬拼音 |
|---|---|
| 今天是二月九日。 | 今仔日是二月九號。<br>kin-a2-jit8-si7-ji7-gueh8-kau2-ho7 |
| 今天是三月八日。 | 今仔日是三月八號。<br>kin-a2-jit8-si7-sann-gueh8-peh4-ho7 |
| 今天是四月四日。 | 今仔日是四月四號。<br>kin-a2-jit8-si7-si3-gueh8-si3-ho7 |

| 中文 | 台灣話／台語羅馬拼音 |
|---|---|
| 今天是五月五日。 | 今仔日是五月五號。<br>kin-a2-jit8-si7-goo7-gueh8-goo7-ho7 |
| 今天是六月十日。 | 今仔日是六月十號。<br>kin-a2-jit8-si7-lak8-gueh8-cap8-ho7 |
| 今天是七月二日。 | 今仔日是七月二號。<br>kin-a2-jit8-si7-chit4-gueh8-ji7-ho7 |
| 今天是八月十五日。 | 今仔日是八月十五號。<br>kin-a2-jit8-si7-peh4-gueh8-cap8-goo7-ho7 |
| 今天是九月十六日。 | 今仔日是九月十六號。<br>kin-a2-jit8-si7-kau2-gueh8-cap8-liok8-ho |
| 今天是十月二十日。 | 今仔日是十月二十號。<br>kin-a2-jit8-si7-cap8-gueh8-ji7-cap8-ho7 |
| 今天是十一月二十五日。 | 今仔日是十一月二十五號。<br>kin-a2-jit8-si7-cap8-it-gueh8-ji7-cap8-goo7-ho7 |
| 今天是十二月三十日。 | 今仔日是十二月三十號。<br>kin-a2-jit8-si7-cap8-ji7-gueh8-sann-cap8-ho7 |

## 台語擂臺

挑戰一下，這個台灣話怎麼說！

一月一號是元旦。
一月十五號是元宵節。
三月八號是婦女節。
四月四日是兒童節。
五月一號是勞動節。
五月五號是端午節。
八月十五號是中秋節。

# ❹ 月份　　　　　　　　　　　　　　MP3-7

## 聊天室

| 中文 | 台灣話／台語羅馬拼音 |
|------|------|
| 一年有幾個月？ | 一年有幾個月？<br>cit8-ni5-u7-kui2-ko3-gueh8 |
| 一年有十二個月。 | 一年有十二個月。<br>cit8-ni5-u7-cap8-ji7-ko3-gueh8 |
| 什麼時候放暑假？ | 啥米時陣歇熱？<br>siann2-mih8-si5-cun7-hioh4-juah8 |
| 從七月開始放假。 | 對七月開始放假。<br>tui5-chit4-gueh8-khai-si2-hong3-ka2 |

## 代換練習

| 中文 | 台灣話／台語羅馬拼音 |
|------|------|
| 現在是一月。 | 這嘛是一月。<br>cit4-ma2-si7-it-gueh8 |
| 現在是二月。 | 這嘛是二月。<br>cit4-ma2-si7-ji7-gueh8 |
| 現在是三月。 | 這嘛是三月。<br>cit4-ma2-si7-sann-gueh8 |
| 現在是四月。 | 這嘛是四月。<br>cit4-ma2-si7-si3-gueh8 |
| 現在是五月。 | 這嘛是五月。<br>cit4-ma2-si7-goo7-gueh8 |
| 現在是六月。 | 這嘛是六月。<br>cit4-ma2-si7-lak8-gueh8 |

| 中文 | 台灣話／台語羅馬拼音 |
|---|---|
| 現在是七月。 | 這嘛是七月。<br>cit4-ma2-si7-chit4-gueh8 |
| 現在是八月。 | 這嘛是八月。<br>cit4-ma2-si7-peh4-gueh8 |
| 現在是九月。 | 這嘛是九月。<br>cit4-ma2-si7-kau2-gueh8 |
| 現在是十月。 | 這嘛是十月。<br>cit4-ma2-si7-cap8-gueh8 |
| 現在是十一月。 | 這嘛是十一月。<br>cit4-ma2-si7-cap8-it-gueh8 |
| 現在是十二月。 | 這嘛是十二月。<br>cit4-ma2-si7-cap8-ji7-gueh8 |

## 單字補給站

| 中文 | 台灣話 | 台語羅馬拼音 |
|---|---|---|
| 一月 | 一月 | it4-gueh8 |
| 二月 | 二月 | ji7-gueh8 |
| 三月 | 三月 | sann-gueh8 |
| 四月 | 四月 | si3-gueh8 |
| 五月 | 五月 | goo7-gueh8 |
| 六月 | 六月 | lak8-gueh8 |
| 七月 | 七月 | chit4-gueh8 |
| 八月 | 八月 | peh4-gueh8 |
| 九月 | 九月 | kau2-gueh8 |
| 十月 | 十月 | cap8-gueh8 |
| 十一月 | 十一月 | cap8-it4-gueh8 |
| 十二月 | 十二月 | cap8-ji7-gueh8 |

# ❺ 關於時間　　　　　　　　　　　　MP3-8

## 聊天室

| 中文 | 台灣話／台語羅馬拼音 |
|---|---|
| 這個禮拜六你有空嗎？ | 這個禮拜六你敢有閒？<br>cit4-e5-le2-pai3-lak8-li2-kam2-u7-ing5 |
| 這個禮拜六是週休二日。 | 這禮拜六是週休二日。<br>cit4-le2-pai3-lak8-si7-ciu-hiu-ji7-jit8 |
| 一起去百貨公司，好不好？ | 做伙去百貨公司，好無？<br>co3-hue2-khi3-pah4-hue3-kong-si,ho2-bo0 |
| 好啊，我很久沒去了。 | 好啊，我真久沒去啊。<br>ho2-a0,gua2-cin-ku2-bo5-khi3-a0 |

## 補充句

| 中文 | 台灣話／台語羅馬拼音 |
|---|---|
| 今天是禮拜天。 | 今仔日是禮拜。<br>kin-a2-jit8-si7-le2-pai3 |
| 明天有放假。 | 明仔載有放假。<br>bin5-a2-cai3-u7-hong3-ka2 |
| 後天要去爬山。 | 後日欲去被山。<br>au7-jit4-beh4-khi3-pe5-suann |
| 昨天我遇到李小姐。 | 昨昏我拄著李小姐。<br>ca-hng-gua2-tu2-tioh8-li2-sio2-cia2 |
| 我上午要去買菜。 | 我早起欲去買菜。<br>gua2-cai2-khi2-beh4-khi3-be2-chai3 |

| 中文 | 台灣話／台語羅馬拼音 |
|---|---|
| 下午可能會下雨 | 下晡可能會落雨。<br>e7-poo kho2-ling5 e7 loh8-hoo7 |
| 白天的天氣很熱。 | 日時的天氣真熱。<br>lit8-si5-e5-thinn-khi3-cin-juah8 |
| 晚上要去喝喜酒。 | 暗時欲去琳喜酒。<br>am3-si5-beh4-khi3-lim-hi2-ciu2 |
| 半夜時天氣變冷。 | 半暝時天氣變冷。<br>puann3-mi5-si5-thinn-khi3-pian3-ling2 |
| 我上個月很忙。 | 我頂個月真無閒。<br>gua2-ting2-ko3-gueh8-cin-bo5-ing5 |
| 我這個月開始學英文。 | 我這個月開始學英文。<br>gua2-cit4-ko3-gueh8-khai-si2-oh8-ing-bun5 |
| 我下個月要去英國。 | 我後個月欲去英國。<br>gua2-au7-ko3-gueh8-beh4-khi3-ing-kok4 |

## 單字補給站

| 中文 | 台灣話 | 台語羅馬拼音 |
|---|---|---|
| 爬山 | 被山 | pe5-suann |
| 買菜 | 買菜 | be2-chai3 |
| 喝喜酒 | 琳喜酒 | lim-hi2-ciu2 |
| 學英文 | 學英文 | oh8-ing-bun5 |
| 學畫圖 | 學畫圖 | oh8-ue7-too5 |
| 學書法 | 學寫毛筆字 | oh8-sia2-moo5-pit4-ji7 |
| 學電腦 | 學電腦 | oh8-tian7-nau2 |

## ❻ 什麼時候

### 聊天室

| 中文 | 台灣話／台語羅馬拼音 |
|---|---|
| 你什麼時候出去？ | 你啥米時陣欲出去？<br>li2-siann2-mih8-si5-cun7-beh4-chut4-khi0 |
| 等一下就要出門了。 | 小等就欲出門啊。<br>sio2-tan2-to7-beh4-chut4-mng5-a0 |
| 你什麼時候回來？ | 你啥米時陣倒轉來？<br>li2-siann2-mih8-si5-cun7-to3-tng2-lai0 |
| 大概七點。 | 大約七點。<br>tai7-iok4-chit4-tiam2 |
| 你早上什麼時候起床？ | 你早起啥米時陣起床？<br>li2-cai2-khi2-siann2-mih8-si5-cun7-khi2-chng5 |
| 我大概七點起來。 | 我大約七點起來。<br>gua2-tai7-iok4-chit4-tiam2-khi2-lai5 |

### 代換練習

| 中文 | 台灣話／台語羅馬拼音 |
|---|---|
| 你什麼時候起床？ | 你啥米時陣起床？<br>li2-siann2-mih8-si5-cun7-khi2-chng5 |
| 你什麼時候睡覺？ | 你啥米時陣欲睏？<br>li2-siann2-mih8-si5-cun7-beh4-khun3 |
| 你什麼時候放假？ | 你啥米時陣放假？<br>li2-siann2-mih8-si5-cun7-hong3-ka2 |

| 中文 | 台灣話／台語羅馬拼音 |
|---|---|
| 你什麼時候抵達？ | 你啥米時陣會到？<br>li2-siann2-mih8-si5-cun7-e7-kau3 |
| 你什麼時候結婚？ | 你啥米時陣結婚？<br>li2-siann2-mih8-si5-cun7-kiat4-hun |
| 你什麼時候畢業？ | 你啥米時陣畢業？<br>li2-siann2-mih8-si5-cun7-pit-giap8 |
| 你什麼時候考試？ | 你啥米時陣考試？<br>li2-siann2-mih8-si5-cun7-kho2-chi3 |
| 你什麼時候過生日？ | 你啥米時陣過生日？<br>li2-siann2-mih8-si5-cun7-kue3-senn-jit8 |

## 單字補給站

| 中文 | 台灣話 | 台語羅馬拼音 |
|---|---|---|
| 起床 | 起床 | khi2-chng5 |
| 睡覺 | 睏 | khun3 |
| 睡午覺 | 睏中晝 | khun3-tiong-tau3 |
| 抵達 | 到到到 | kau3 |
| 畢業 | 畢業 | pit4-giap8 |
| 考試 | 考試 | ko2-chi3 |
| 過生日 | 過生日 | kue3-senn-jit8 |

## ❼ 天氣

MP3-10

## 聊天室

| 中文 | 台灣話／台語羅馬拼音 |
|---|---|
| 天氣真好！ | 天氣真好！<br>thinn-khi3-cin-ho2 |

| 中文 | 台灣話／台語羅馬拼音 |
|---|---|
| 今天是晴天。 | 今仔日是好天。<br>kin-a2-jit8-si7-ho2-thinn |
| 最近可能有颱風要來。 | 最近可能有風颱欲來。<br>cue3-kin7-kho2-ling5-u7-hong-thai-beh4-lai5 |
| 要做好防颱的準備。 | 愛做好防颱的準備。<br>ai3-co3-ho2-hong5-tha-e5-chun2-pi7 |

### 補充句

| 中文 | 台灣話／台語羅馬拼音 |
|---|---|
| 今天很熱。 | 今仔日真熱。<br>kin-a2-jit8-cin-juah8 |
| 今天很冷。 | 今仔日真寒。<br>kin-a2-jit8-cin-kuann5 |
| 今天天氣很壞！ | 今仔日天氣真歹！<br>kin-a2-jit8-thinn-khi3-cin-phainn2 |
| 下雨了。 | 落雨啊。<br>loh8-hoo7-a0 |
| 冬天會下雪。 | 寒天會落雪。<br>kuann5-thinn-e7-loh8-seh4 |
| 今天風很大。 | 今仔日風真透。<br>kin-a2-jit8-hong-cin-thau2 |
| 今天真涼快。 | 今仔日真秋清。<br>kin-a2-jit8-cin-chiu-chin3 |
| 今天真熱。 | 今仔日真燒熱。<br>kin-a2-jit8-cin-sio-juah8 |
| 下雨天要帶傘。 | 落雨天愛紮雨傘。<br>loh8-hoo7-thinn-ai3-cah4-hoo7-suann3 |

| 中文 | 台灣話／台語羅馬拼音 |
|---|---|
| 明天有寒流來。 | 明仔載有寒流來。<br>bin5-a2-cai3-u7-han5-liu5-lai5 |
| 外面打雷了。 | 外面彈雷公啊。<br>goa7-bin7-tan5-lui5-kong-a0 |
| 月亮出來了。 | 月娘出來啊。<br>gueh8-niu5-chut4-lai0-a0 |
| 四月是梅雨季。 | 四月是梅雨季。<br>si3-gueh8-si7-mue5-u2-kui3 |

## 單字補給站

| 中文 | 台灣話 | 台語羅馬拼音 |
|---|---|---|
| 晴天 | 好天 | ho2-thinn |
| 雨天 | 落雨天 | loh8-hoo7-thinn |
| 下雨 | 落雨 | loh8-hoo7 |
| 下雪 | 落雪 | loh8-seh4 |
| 颱風 | 透風 | thau3-hong |
| 打雷 | 彈雷公 | tan5-lui5-kong |
| 閃電 | 閃爁 | sih4-na3 |
| 寒流 | 寒流 | han5-liu5 |
| 降霜 | 降霜 | kang3-sng |
| 起霧 | 起霧 | khi2-bu7 |
| 颱風 | 風颱 | hong-thai |
| 季節 | 季節 | kui3-cait4 |
| 春天 | 春天 | chun-thinn |
| 夏天 | 熱天 | juah8-thinn |
| 秋天 | 秋天 | chiu-thinn |
| 冬天 | 寒天 | kuann5-thinn |

## 台語現學現賣

### 天氣

| | | |
|---|---|---|
| ❶ 晴天 | 好天 | ho2-thinn |
| ❷ 雨天 | 落雨天 | loh8-hoo7-thinn |
| ❸ 下雪 | 落雪 | loh8-seh4 |
| ❹ 颱風 | 透風 | thau3-hong |
| ❺ 打雷 | 彈雷公 | tan5-lui5-kong |
| ❻ 颱風 | 風颱 | hong-thai |

## 台語現學現賣

### 四季

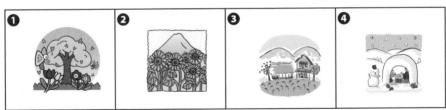

| | | |
|---|---|---|
| ❶ 春天 | 春天 | chun-thinn |
| ❷ 夏天 | 熱天 | juah8-thinn |
| ❸ 秋天 | 秋天 | chiu-thinn |
| ❹ 冬天 | 寒天 | kuann5-thinn |

# 三

## 觀光娛樂篇

### ❶交通

聊天室

| 中文 | 台灣話／台語羅馬拼音 |
|---|---|
| 請幫我叫計程車。 | 請幫我叫計程車。<br>chiann2-pang-gua2-kio3-ke3-thing5-chia |
| 司機，請開後邊行李箱。 | 司機，請開後行李箱。<br>su-ki,chiann2-khai-au7-hing5-li2-siunn |
| 你要去什麼地方？ | 你欲去陀位？<br>li2-beh4-khi3-to2-ui7 |
| 這是我要去的地址。 | 這是我欲去的地址。<br>ce-si7-gua2-beh4-khi3-e5-te7-ci2 |
| 希爾頓飯店靠近哪裡？ | 希爾頓飯店哇陀位？<br>hi-ni2-tun3-png7-tiam3-ua2-to2-ui7 |
| 在這條路的盡頭。 | 佇這條車路底。<br>ti7-cit4-tiau5-chia-loo7-te2 |
| 請問中正路怎麼去？ | 請問中正路按怎去？<br>chiann2-mng7-tiong-cing3-loo7-an2-cuann2-khi3 |

| 中文 | 台灣話／台語羅馬拼音 |
|---|---|
| 下一個紅綠燈往右轉。 | 後一個青紅燈正斡。<br>au7-cit8-e5-chenn-ang5-ting-ciann3-uat4 |
| 差不多十分鐘。 | 差不多十分鐘。<br>cha-put4-to-cap8-hun-cing |
| 到了，請叫我一聲。 | 若到啊，請叫我。<br>na7-kau3-a0,chiann2-kio3-gua2-cit8-siann |
| 下一站就是了。 | 後一站就是了。<br>au7-cit8-cam7-to7-si7-a0 |

補充句

| 中文 | 台灣話／台語羅馬拼音 |
|---|---|
| 我要到大飯店。 | 我欲去大飯店。<br>gua2-beh4-khi3-tua7-png7-tiam3 |
| 請載我到這裡。 | 請載我到遮。<br>chiann2-cai3-gua2-kau3-cia |
| 請停這裡就可以了。 | 請停遮著會使啊。<br>chiann2-thing5-cia-tioh8-e7-sai2-a0 |
| 幫我叫一台車好嗎？ | 幫我叫一台車好無？<br>pang-gua2-kio3-cit8-tai5-chia-ho2-bo0 |
| 請幫我畫一張地圖。 | 請幫我畫一張地圖。<br>chiann2-pang-gua2-ue7-cit8-tiunn-te7-too5 |
| 往前直走。 | 往頭前直直去。<br>ong2-thau5-cian5-tit8-tit8-khi3 |

| 中文 | 台灣話／台語羅馬拼音 |
|---|---|
| 前面轉彎的地方就是。 | 頭前斡角的所在著是。<br>thau5-cian5-uat4-kak4-e5-soo2-cai7-tioh8-si7 |
| 小心不要坐過站了。 | 細膩毋通坐過站啊。<br>se3-ji7-m7-thang7-ce7-kue3-cam7-a0 |
| 請問這輛公車有到臺北車站嗎？ | 請問這台公車敢有到臺北車站？<br>chiann2-mng7-cit4-tai5-kong-chia-kam2-u7-kau3-tai5-pak4-chia-cam7 |
| 坐車去要坐幾站？ | 坐車去愛坐幾站？<br>ce7-chia-khi3-ai3-ce7-kui2-cam7 |
| 需要換車嗎？ | 敢需要換車？<br>kam2-su-iau3-uann7-chia |
| 我迷路了。 | 我找無路啊。<br>gua2-chue7-bo5-loo7-a0 |
| 下車時東西不要忘了。 | 落車物件毋通未記。<br>loh8-chia-mih8-kiann7-m7-thang7-bue7-ki3 |

## 代換練習

| 中文 | 台灣話／台語羅馬拼音 |
|---|---|
| 我要搭捷運。 | 我欲坐捷運。<br>gua2-beh4-ce7-ciat4-un7 |
| 我要搭火車。 | 我欲坐火車。<br>gua2-beh4-ce7-hue2-chia |
| 我要去車站。 | 我欲去車站。<br>gua2-beh4-khi3-chia-cam7 |

| 中文 | 台灣話／台語羅馬拼音 |
|---|---|
| 我要去中正機場。<br>（桃園國際機場） | 我欲去中正機場。<br>gua2-beh4-khi3-tiong-cing3-ki-tiunn5 |
| 我要去松山機場。 | 我欲去松山機場。<br>gua2-beh4-khi3-siong5-san-ki-tiunn5 |
| 我要到忠孝東路。 | 我欲到忠孝東路。<br>gua2-beh4-kau3-tiong-hau3-tang-loo7 |
| 我要到羅斯福路。 | 我欲到羅斯福路。<br>gua2-beh4-kau3-luo5-su-hok-loo7 |
| 我要到博愛路。 | 我欲到博愛路。<br>gua2-beh4-kau3-phok4-ai3-loo7 |
| 我要到三民路。 | 我欲到三民路。<br>gua2-beh4-kau3-sann-bin5-loo7 |
| 我要到復興路。 | 我欲到復興路。<br>gua2-beh4-kau3-hok-hing-loo7 |
| 我要坐渡船。 | 我欲坐船。<br>gua2-beh4-ce7-cun5 |

## 單字補給站

| 中文 | 台灣話 | 台語羅馬拼音 |
|---|---|---|
| 捷運 | 捷運 | ciat4-un7 |
| 公車 | 公車 | kong-chia |
| 遊覽車 | 遊覽車 | iu5-lam2-chia |
| 火車 | 火車 | hue2-chia |
| 飛機 | 飛行機 | hui-ling5-ki |
| 船 | 船 | cun5 |

| 中文 | 台灣話 | 台語羅馬拼音 |
|---|---|---|
| 腳踏車 | 腳踏車（孔明車）（鐵馬） | kha-tah8-chia(khong2-bing5-chia)(thih4-be2) |
| 摩托車 | 喔多賣（機車） | o-to-bai7(ki-chia) |
| 車票 | 車票 | chia-phio3 |
| 十字路口 | 十字路口 | cap8-ji7-loo7-khau2 |
| 紅綠燈 | 青紅燈 | chenn-ang5-ting |
| 人行道 | 人行道 | jin5-hing5-to7 |
| 天橋 | 天橋 | thian-kio5 |

## 台語現學現賣

### 交通工具

❶ 公車　　　公車　　　　　　　　　　kong-chia
❷ 火車　　　火車　　　　　　　　　　hue2-chia
❸ 飛機　　　飛行機　　　　　　　　　hui-ling5-ki
❹ 船　　　　船　　　　　　　　　　　cun5
❺ 腳踏車　　腳踏車（孔明車）（鐵馬）　kha-tah8-chia(khong2-bing5-chia) (thih4-be2)
❻ 摩托車　　喔多賣（機車）　　　　　o-to-bai7 (ki-chia)

# ❷ 住宿

聊天室

| 中文 | 台灣話／台語羅馬拼音 |
| --- | --- |
| 我要訂房間。 | 我欲訂房間。<br>gua2-beh4-ting3-pang5-king |
| 你要單人房還是雙人房？ | 你欲單人房抑是雙人房？<br>li2-beh4-tan-jin5-pang5-a2-si7-siang-jin5-pang5 |
| 住一天多少錢？ | 住一工愛外濟錢？<br>tua3-cit8-kang-ai3-gua7-ce7-cinn5 |
| 你有會員卡嗎？ | 你敢有會員卡？<br>li2-kam2-u7-hue7-uan5-kha2 |
| 這裡有沒有空的房間？ | 遮敢有空的房間？<br>cia-kam2-u7-khang3-e5-pang5-king |
| 你需要怎樣的房間？ | 你需要啥米款的房間？<br>li2-su-iau3-siann2-mih8-khuann2-e5-pang5-king |
| 我要單人房。 | 我欲單人房。<br>gua2-beh4-tan-jin5-pang5 |
| 這是你的鑰匙。 | 這是你的鎖匙。<br>ce-si7-li2-e5-so2-si5 |
| 請你明天八點叫醒我。 | 請你明仔載八點叫醒我。<br>chiann2-li2-bin5-a2-cai3-peh4-tiam2-kio3-chenn2-gua2 |
| 好的，有事情隨時叫我。 | 好，有代誌會使隨時叫我。<br>ho2,u7-tai7-ci3-e7-sai2-sui5-si5-kio3-gua2 |

補充句

| 中文 | 台灣話／台語羅馬拼音 |
|---|---|
| 我要雙人房。 | 我欲雙人房。<br>gua2-beh4-siang-jin5-pang5 |
| 我要住五天，有沒有打折？ | 我欲蹛五工，敢有拍折？<br>gua2-beh4-tua3-goo7-kang,kam2-u7-phah4-ciat4 |
| 哪裡有便宜點的飯店？ | 陀位有卡俗的飯店？<br>to2-ui7-u7-khak4-siok8-e5-png7-tiam3 |
| 我要安靜點的房間。 | 我欲卡安靜的房間。<br>gua2-beh4-khak4-an-cing7-e5-pang5-king |
| 請問 306 號房在哪裡？ | 請問三零六號房佇咧陀位？<br>chiann2-mng7-sann-khong3-lak8-ho7-pang5-ti7-leh4-to2-ui7 |
| 請問緊急出口哪裡？ | 請問緊急出口佇咧陀？<br>chiann2-mng7-kin2-kip-chut4-khau2-ti7-leh4-to2 |
| 哪裡可以洗澡？ | 陀位會使洗浴（洗身軀）？<br>to2-ui7-e7-sai2-se2-ik8 (se2-siang-khu) |
| 哪裡可以洗衣服？ | 陀位會使洗衫？<br>to2-ui7-e7-sai2-se2-sann |
| 廁所在哪裡？ | 便所底陀？<br>pian7-soo2-ti7-to2 |
| 我要結帳退房間。 | 我欲結數退房間。<br>gua2-beh4-kiat4-siau3-the3-pang5-king |

## 單字補給站

| 中文 | 台灣話 | 台語羅馬拼音 |
|---|---|---|
| 希爾頓飯店 | 希爾頓飯店 | hi-ni2-tun3-png7-tiam3 |
| 圓山大飯店 | 圓山大飯店 | lnn5-suann-tua7-png7-tiam3 |
| 晶華酒店 | 晶華酒店 | cing-hua5-ciu2-tiam3 |
| 凱悅大飯店 | 凱悅大飯店 | khai2-uat8-tua7-png7-tiam3（君悅大飯店） |
| 遠東國際大飯店 | 遠東國際大飯店 | uan2-tong-kok4-che3-tua7-png7-tiam3 |
| 亞都麗緻飯店 | 亞都麗緻飯店 | a2-too-le7-ti3-png7-tiam3 |
| 美麗華飯店 | 美麗華飯店 | bi2-le7-hua5-png7-tiam3 |
| 來來大飯店 | 來來大飯店 | lai5-lai5-tua7-png7-tiam3 |
| 環亞飯店 | 環亞飯店 | huan5-a2-png7-tiam3（王朝大酒店） |
| 福華大飯店 | 福華大飯店 | hok4-hua5-tua7-png7-tiam3 |
| 西華飯店 | 西華飯店 | se-hua5-png7-tiam3 |
| 天成大飯店 | 天成大飯店 | thian-sing5-tua7-png7-tiam3 |
| 朝代飯店 | 朝代飯店 | tiau5-tai7-png7-tiam3 |
| 華泰大飯店 | 華泰大飯店 | hua5-thai3-tua7-png7-tiam3 |
| 第一大飯店 | 第一大飯店 | te7-it4-tua7-png7-tiam3 |
| 中泰賓館 | 中泰賓館 | tiong-thai3-pin-kuan2（文華東方酒店） |
| 兄弟大飯店 | 兄弟大飯店 | hiann-ti7-tua7-png7-tiam3 |

# ❸ 觀光

## 聊天室

| 中文 | 台灣話／台語羅馬拼音 |
|---|---|
| 聽說士林夜市很好玩？ | 聽講士林夜市仔真好耍？<br>thiann-kong2-su7-lim5-ia7-chi7-a2-cin-ho2-sng2 |
| 那裡非常熱鬧，有很多賣東西的。 | 遐非常鬧熱，有真濟賣物件的。<br>hia5-hui-sionn5-lau7-jiat8,u7-cin-ce7-be7-mih8-kiann7-e0 |
| 要怎麼去？ | 欲按怎去？<br>beh4-an2-cuann2-khi3 |
| 可以搭捷運淡水線。<br>（淡水信義線） | 會使坐捷運淡水線。<br>e7-sai2-ce7-ciat4-un7-tam7-cui2-suann3 |
| 我要到陽明山賞花。 | 我欲去陽明山賞花。<br>gua2-beh4-khi3-iong5-bing5-suann-siong2-hue |
| 山上盛開的櫻花、杜鵑花很漂亮。 | 山頂的櫻花、杜鵑花開甲真水。<br>suann-ting2-e5-ing-hue,too7-kuan-hue-khui-kah4-cin-sui2 |

## 補充句

| 中文 | 台灣話／台語羅馬拼音 |
|---|---|
| 一起去烏來洗溫泉。 | 做伙去烏來洗溫泉。<br>co3-hue2-khi3-u-lai5-se2-un-cuann5 |
| 台灣最高的山是玉山。 | 台灣上高的山是玉山。<br>tai5-uan5-siong7-kuann5-e5-suann-si7-giok8-san |

| 中文 | 台灣話／台語羅馬拼音 |
|---|---|
| 故宮博物院有很多珍貴的文物。 | 故宮博物院有真濟珍貴的文物。<br>koo3-kiong-phok4-but8-inn7-u7-cin-ce7-tinn-kui3-e5-bun5-but8 |
| 我要去龍山寺拜拜。 | 我欲去龍山寺拜拜。<br>gua2-beh4-khi3-liong5-san-si7-pai3-pai3 |
| 去行天宮的人很多。 | 去行天宮的人真濟。<br>khi3-hing5-thian-kiong-e5-lang5-cin-ce7 |
| 鹽水的蜂炮很熱鬧。 | 鹽水的蜂仔炮真鬧熱。<br>iam5-cui2-e5-phang-a2-phau3-cin-lau7-jiat8 |
| 深坑的豆腐最出名。 | 深坑的豆腐上出名。<br>chim-khenn-e5-tau7-hu7-siong7-chut4-mia5 |
| 我要去阿里山看日出。 | 我欲去阿里山看日出。<br>gua2-beh4-khi3-a-li2-san-khuann3-jit8-chut4 |
| 我要去淡水看夕陽。 | 我欲去淡水看夕陽。<br>gua2-beh4-khi3-tam7-cui2-khuann3-sik8-iong5 |
| 我要去動物園。 | 我欲去動物園。<br>gua2-beh4-khi3-tong7-but8-hng5 |
| 我要去歷史博物館看展覽。 | 我欲去歷史博物館看展覽。<br>gua2-beh4-khi3-lek8-su2-phok4-but8-kuan2-khuann3-tian2-lam2 |
| 我要去白河參加「荷花節」。 | 我欲去白河參加「荷花節」。<br>gua2-beh4-khi3-peh8-ho5-cham-ka-ho5-hua-ciat4 |
| 我要去平溪看放天燈。 | 我欲去平溪看天燈。<br>gua2-beh4-khi3-ping5-khe-khuann3-pang3-thian-ting |

## 代換練習

| 中文 | 台灣話／台語羅馬拼音 |
|---|---|
| 我要去國父紀念館。 | 我欲去國父紀念館。<br>gua2-beh4-khi3-kok4-hu7-ki2-liam7-kuan2 |
| 我要去植物園。 | 我欲去植物園。<br>gua2-beh4-khi3-ti3-but8-hng5 |
| 我要去孔廟。 | 我欲去孔廟。<br>gua2-beh4-khi3-khong-bio7 |
| 我要去城隍廟。 | 我欲去城隍廟。<br>gua2-beh4-khi3-siann5-hong5-bio7 |
| 我要去林家花園。 | 我欲去林家花園。<br>gua2-beh4-khi3-lim5-ka-hue-hng5 |
| 我要去世貿中心。 | 我欲去世貿中心。<br>gua2-beh4-khi3-se3-boo7-tiong-sim |
| 我要去中正紀念堂。 | 我欲去中正紀念堂。<br>gua2-beh4-khi3-tiong-cing3-ki2-liam7-tng5 |

## 單字補給站

| 中文 | 台灣話 | 台語羅馬拼音 |
|---|---|---|
| 淡水 | 淡水 | tam7-cui2 |
| 陽明山 | 陽明山 | iong5-bing5-san |
| 烏來 | 烏來 | u-lai5 |
| 玉山 | 玉山 | giok8-san |
| 阿里山 | 阿里山 | a-li2-san |
| 太平山 | 太平山 | thai3-ping5-suann |
| 日月潭 | 日月潭 | lit8-gueh8-tham5 |
| 綠島 | 綠島 | lik8-to2 |
| 澎湖 | 澎湖 | phenn5-oo5 |

| 中文 | 台灣話 | 台語羅馬拼音 |
|---|---|---|
| 野柳 | 野柳 | ia2-liu2 |
| 墾丁 | 墾丁 | khun2-ting |
| 太魯閣 | 太魯閣 | tai3-loo2-koh4 |
| 知本溫泉 | 知本溫泉 | ti-pun2-un-cuann5 |
| 花蓮 | 花蓮 | hua-lian5 |
| 台東 | 台東 | tai5-tang |
| 溪頭 | 溪頭 | khe-thau5 |
| 九份 | 九份 | kau2-hun7 |
| 澄清湖 | 澄清湖 | ting5-ching-oo5 |
| 故宮博物院 | 故宮博物院 | koo3-kiong-phok4-but8-inn7 |
| 歷史博物館 | 歷史博物館 | lek8-su2-phok4-but8-kuan2 |
| 國父紀念館 | 國父紀念館 | kok4-hu7-ki2-liam7-kuan2 |
| 美術館 | 美術館 | bi2-sut8-kuan2 |
| 動物園 | 動物園 | tong7-but8-hng5 |
| 植物園 | 植物園 | ti3-but8-hng5 |
| 龍山寺 | 龍山寺 | liong5-san-si7 |
| 行天宮 | 行天宮 | hing5-thian-kiong |
| 孔廟 | 孔廟 | khong-bio7 |
| 城隍廟 | 城隍廟 | siann5-hong5-bio7 |
| 鹿港 | 鹿港 | lok8-kang2 |
| 安平古堡 | 安平古堡 | an-ping5-koo2-po2 |
| 億載金城 | 億載金城 | ik4-cai3-kim-siann5 |
| 林家花園 | 林家花園 | lim5-ka-hue-hng5 |
| 中正紀念堂 | 中正紀念堂 | tiong-cing3-ki2-liam7-tng5 |
| 大安森林公園 | 大安森林公園 | tua7-an-sim-lim5-kong-hng5 |
| 二二八和平紀念公園 | 二二八和平紀念公園 | ji7-ji7-peh4-ho5-ping5-ki2-liam7-kong-hng5 |
| 世貿中心 | 世貿中心 | se3-boo7-tiong-sim |
| 士林夜市 | 士林夜市 | su7-lim5-ia7-chi7 |
| 建國花市 | 建國花市 | kian3-kok4-hue-chi7 |
| 建國玉市 | 建國玉市 | kian3-kok4-gik8-chi7 |

# 台語現學現賣

## 台灣地名

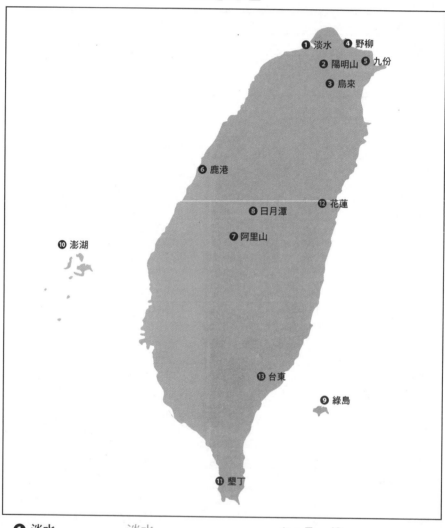

| ❶ | 淡水 | 淡水 | tam7-cui2 |
|---|---|---|---|
| ❷ | 陽明山 | 陽明山 | iong5-bing5-san |
| ❸ | 烏來 | 烏來 | u-lai5 |
| ❹ | 野柳 | 野柳 | ia2-liu2 |
| ❺ | 九份 | 九份 | kau2-hun7 |

| | | |
|---|---|---|
| ❻ 鹿港 | 鹿港 | lok8-kang2 |
| ❼ 阿里山 | 阿里山 | a-li2-san |
| ❽ 日月潭 | 日月潭 | lit8-gueh8-tham5 |
| ❾ 綠島 | 綠島 | lik8-to2 |
| ❿ 澎湖 | 澎湖 | phenn5-oo5 |
| ⓫ 墾丁 | 墾丁 | khun2-ting |
| ⓬ 花蓮 | 花蓮 | hua-lian5 |
| ⓭ 台東 | 台東 | tai5-tang |

## ❹ 娛樂　　　　　　　　　　　　MP3-14

### 聊天室

| 中文 | 台灣話／台語羅馬拼音 |
|---|---|
| 今天有廟會。 | 今仔日有廟會。<br>kin-a2-jit8-u7-bio7-hue7 |
| 我要去看歌仔戲。 | 我欲去看歌仔戲。<br>gua2-beh4-khi3-khuann3-kua-a2-hi3 |
| 買票要到哪裡買？ | 買票愛去陀位買？<br>be2-phio3-ai3-khi3-to2-ui7-be2 |
| 我要買二張電影票。 | 我欲買兩張電影票。<br>gua2-beh4-be2-nng7-tiunn-tian7-iann2-phio3 |
| 今晚有空嗎？ | 耶暗敢有閒？<br>e-am3-kam2-u7-ing5 |
| 一起去聽音樂會。 | 做伙去聽音樂會。<br>co3-hue2-khi3-thiann-im-gak8-hue7 |
| 為什麼會排這麼多人？ | 是按怎會排這濟人？<br>si7-an2-cuann2-e7-pai5-ciah4-ce7-lang5 |

47

| 中文 | 台灣話／台語羅馬拼音 |
|---|---|
| 因為那部電影很受歡迎。 | 因為彼部電影真受歡迎。<br>in-ui7-hit-poo7-tian7-iann2-cin-siu7-huan-ging5 |

## 補充句

| 中文 | 台灣話／台語羅馬拼音 |
|---|---|
| 買票要排隊。 | 買票愛排隊。<br>be2-phio3-ai3-pai5-tui7 |
| 幾點開始表演？ | 幾點開始表演？<br>kui2-tiam2-khai-si2-piau2-ian2 |
| 今晚有什麼節目？ | 耶暗有啥米節目？<br>e-am3-u7-siann2-mih8-ciat4-bok8 |
| 我要先訂位子。 | 我欲先訂位。<br>gua2-beh4-sing-ting3-ui7 |
| 這裡可以拍照嗎？ | 遮敢會使翕相？<br>cia-kam2-e7-sai2-hip-siong3 |

## 代換練習

| 中文 | 台灣話／台語羅馬拼音 |
|---|---|
| 我要去看國劇。 | 我欲去看國劇。<br>gua2-beh4-khi3-khuann3-kok4-kiok8 |
| 我要去看布袋戲。 | 我欲去看布袋戲。<br>gua2-beh4-khi3-khuann3-poo3-te7-hi3 |
| 我要去聽音樂劇。 | 我欲去聽音樂劇。<br>gua2-beh4-khi3-thiann-im-gak8-kiok8 |

| 中文 | 台灣話／台語羅馬拼音 |
|---|---|
| **我要去看歌劇。** | 我欲去看歌劇。<br>gua2-beh4-khi3-khuann3-kua-kiok8 |
| **我要去聽歌。** | 我欲去聽歌。<br>gua2-beh4-khi3-thiann-kua |
| **我要去戲院。** | 我欲去戲院。<br>gua2-beh4-khi3-hi3-inn7 |
| **我要去看表演。** | 我欲去看表演。<br>gua2-beh4-khi3-khuann3-piau2-ian2 |
| **我要買一張門票。** | 我欲買一張門票。<br>gua2-beh4-be2-cit8-tiunn-mng5-phio3 |

## 單字補給站

| 中文 | 台灣話 | 台語羅馬拼音 |
|---|---|---|
| 廟會 | 廟會 | bio7-hue7 |
| 歌仔戲 | 歌仔戲 | kua-a2-hi3 |
| 買票 | 買票 | be2-phio3 |
| 電影票 | 電影票 | tian7-iann2-phio3 |
| 音樂會 | 音樂會 | im-gak8-hue7 |
| 排隊 | 排隊 | pai5-tui7 |
| 表演 | 表演 | piau2-ian2 |
| 節目 | 節目 | ciat4-bok8 |
| 訂位 | 訂位 | ting3-ui7 |
| 照相 | 翕相 | hip4-siong3 |
| 舞台劇 | 舞台劇 | bu2-tai5-kiok8 |
| 布袋戲 | 布袋戲 | poo3-te7-hi3 |

| 中文 | 台灣話 | 台語羅馬拼音 |
|---|---|---|
| 音樂劇 | 音樂劇 | im-gak8-kiok8 |
| 歌劇 | 歌劇 | kua-kiok8 |
| 聽歌 | 聽歌 | thiann-kua |
| 戲院 | 戲園 | hi3-hng5 |
| 門票 | 門票 | mng5-phio3 |

## ❺ 購物

MP3-15

### 聊天室

| 中文 | 台灣話／台語羅馬拼音 |
|---|---|
| 歡迎光臨，需要我為您服務嗎？ | 歡迎光臨，需要我為你服務無？<br>huan-ging5-kong-lim5,kam2-su-iau3-gua2-ui5-li2-hok8-bu7-bo0 |
| 我想買禮物送人。 | 我欲買禮物送人。<br>gua2-beh4-be2-le2-but8-sang3-jin5 |
| 是送男生還是女生？ | 是送查埔抑是查某？<br>si7-sang3-ca-poo-a2-si7-ca-boo2 |
| 是一位小姐。 | 是一位小姐。<br>si7-cit8-ui7-sio2-cia2 |
| 這條絲巾很不錯，質料很好。 | 這條絲巾誠未壞，質料誠好。<br>cit4-tiau5-si-kin-ciann5-be7-bai2,cit-liau7-ciann5-ho2 |
| 拿給我一份目錄看看。 | 提予我一份目錄看覓咧。<br>theh8-hoo7-gua2-cit8-hun7-bok8-lok8-khuann3-mai7-leh0 |
| 總共多少錢？ | 攏總外濟錢？<br>long2-cong2-gua7-ce7-cinn5 |

50

| 中文 | 台灣話／台語羅馬拼音 |
|---|---|
| 一條二千元。 | 一條兩千塊。<br>cit8-tiau5-nng7-chian-khoo |
| 太貴了，算我便宜點。 | 傷貴啊，算我卡俗一屑仔。<br>siunn-kui3-a0,sng3-gua2-khah4-siok8-cit8-sut-a2 |
| 給你打九折。 | 嘎你拍九折。<br>ka7-li2-phah4-kau2-ciat4 |
| 收不收信用卡？ | 敢有收信用卡？<br>kam2-u7-siu-sin3-iong7-kha2 |
| 有的，我先幫你包起來。 | 有，我先幫你包起來。<br>u7,gua2-sing-pang-li2-pau-khi2-lai5 |
| 請在這邊簽名。 | 請佇這旁簽名。<br>chiann2-ti7-cit4-ping5-chiam-mia5 |

補充句

| 中文 | 台灣話／台語羅馬拼音 |
|---|---|
| 有沒有打折？ | 敢有拍折？<br>kam2-u7-phah4-ciat4 |
| 這是不二價。 | 這是不二價。<br>ce-si7-put4-ji7-ke3 |
| 我不想買了。 | 我無愛買啊。<br>gua2-bo5-ai3-be2-a0 |
| 我考慮一下。 | 我小考慮看覓咧。<br>gua2-sio2-ko2-lu7-khuann3-mai7-leh0 |
| 你的錢找錯了。 | 你的錢找毋著啊。<br>li2-e5-cinn5-cau7-m7-tioh8-a0 |

51

| 中文 | 台灣話／台語羅馬拼音 |
|---|---|
| 你還沒找錢。 | 你抑未找我錢。<br>li2-a2-bue7-cau7-gua2-cinn5 |
| 請分開包裝。 | 請分開包裝。<br>chiann2-hun-khui-pau-cong |
| 不好意思，我要換零錢。 | 歹勢，我欲換零星。<br>phainn2-se3,gua2-beh4-uann7-lan5-san |
| 今天的商品全部大減價。 | 今仔日的商品全部大減價。<br>kin-a2-jit8-e5-siong-phin2-cuan5-poo7-tua7-kiam2-ke3 |
| 電器用品的保證期間有多久？ | 電器用品的保領期間有多久？<br>tian7-khi3-iong7-phin2-e5-po2-nia2-ki5-kan-u7-gua7-ku2 |
| 請解釋使用方法。 | 請解釋使用方法。<br>chiann2-kai2-sueh4-su2-iong7-hong-huat |
| 請給我兩卷底片。 | 請予我兩更底片。<br>chiann2-hoo7-gua2-nng7-kng2-te2-phinn3 |
| 請問今天營業到幾點？ | 請問今仔日營業到幾點？<br>chiann2-mng7-kin-a2-jit8-ing5-giap8-kau3-kui2-tiam2 |
| 我要退貨。 | 我欲退貨。<br>gua2-beh4-the3-hue3 |

## 代換練習

| 中文 | 台灣話／台語羅馬拼音 |
|---|---|
| 我要買名產。 | 我欲買名產。<br>gua2-beh4-be2-bing5-san2 |

| 中文 | 台灣話／台語羅馬拼音 |
|---|---|
| 我要買玉。 | 我欲買玉仔。<br>gua2-beh4-be2-gik8-a2 |
| 我要買古董。 | 我欲買古董。<br>gua2-beh4-be2-koo2-tong2 |
| 我要買布。 | 我欲買布。<br>gua2-beh4-be2-poo3 |
| 我要買畫。 | 我欲買畫。<br>gua2-beh4-be2-ue7 |
| 我要買米酒。 | 我欲買米酒。<br>gua2-beh4-be2-bi2-ciu2 |
| 我要買茶葉。 | 我欲買茶米。<br>gua2-beh4-be2-te5-bi2 |

## 單字補給站

| 中文 | 台灣話 | 台語羅馬拼音 |
|---|---|---|
| 歡迎光臨 | 歡迎光臨 | huan-ging5-kong-lim5 |
| 服務 | 服務 | hok8-bu7 |
| 禮品 | 禮品 | le2-phin2 |
| 男生 | 查埔 | ca-poo |
| 女生 | 查某 | ca-boo2 |
| 目錄 | 目錄 | bok8-lok8 |
| 信用卡 | 信用卡 | sin3-iong7-kha2 |
| 簽名 | 簽名 | chiam-mia5 |
| 打折 | 拍折 | phah4-ciat4 |
| 不二價 | 不二價 | put4-ji7-ke3 |
| 考慮 | 考慮 | ko2-lu7 |
| 找錢 | 找錢 | cau7-cinn5 |
| 包裝 | 包裝 | pau-cong |

| 中文 | 台灣話 | 台語羅馬拼音 |
|------|--------|--------------|
| 換零錢 | 換零星錢 | uann7-lan5-san-cinn5 |
| 大減價 | 大減價 | tua7-kiam2-ke3 |
| 退貨 | 退貨 | the3-hue3 |
| 電器用品 | 電器用品 | tian7-khi3-iong7-phin2 |
| 保證期 | 保領期 | po2-nia2-ki5 |
| 使用方法 | 使用方法 | su2-iong7-hong-huat |
| 底片 | 底片 | te2-phinn3 |
| 名產 | 名產 | bing5-san2 |
| 絲巾 | 絲巾 | si-kin |
| 玉 | 玉仔 | gik8-a2 |
| 古董 | 古董 | koo2-tong2 |
| 布 | 布 | poo3 |
| 畫 | 畫 | ue7 |
| 米酒 | 米酒 | bi2-ciu2 |
| 茶葉 | 茶米 | te5-bi2 |

## 台語現學現賣

### 買名產

| | | |
|---|---|---|
| ❶ 玉 | 玉仔 | gik8-a2 |
| ❷ 古董 | 古董 | koo2-tong2 |
| ❸ 布 | 布 | poo3 |
| ❹ 畫 | 畫 | ue7 |
| ❺ 米酒 | 米酒 | bi2-ciu2 |
| ❻ 茶葉 | 茶米 | te5-bi2 |

## ❻ 買衣服　　　　　　MP3-16

聊天室

| 中文 | 台灣話／台語羅馬拼音 |
|---|---|
| 請問你需要些什麼？ | 請問你需要啥米？<br>chiann2-mng7-li2-su-iau3-siann2-mih8 |
| 我要買一件洋裝。 | 我欲買一軀洋裝。<br>gua2-beh4-be2-cit8-su-iunn5-cong |
| 請跟我來。 | 請綴我來。<br>chiann2-tue3-gua2-lai5 |
| 洋裝在那區。 | 洋裝佇彼區。<br>iunn5-cong-ti7-hit-khu |
| 這是什麼料子的？ | 這是啥米料做的？<br>ce-si7-siann2-mih8-liau7-co3-e0 |
| 這是純棉的。 | 這是純棉的。<br>ce-si7-sun5-mi5-e0 |
| 有沒有大件點的？ | 敢有擱卡大軀的？<br>kam2-u7-koh4-khah4-tua7-su-e0 |
| 這件請試試看。 | 這軀請你試看覓咧。<br>cit4-su-chiann2-li2-chi3-khuann3-mai7-leh0 |

| 中文 | 台灣話／台語羅馬拼音 |
|------|----------------------|
| 我可以試穿這件嗎？ | 我敢會使試穿這領？<br>gua2-kam2-e7-sai2-chi3-ching7-cit4-nia2 |
| 哪裡可以試穿？ | 陀位會使試穿？<br>to2-ui7-e7-sai2-chi3-ching7 |
| 有沒有別的顏色？ | 敢有別色？<br>kam2-u7-piat8-sik4 |
| 這裡有瑕疵。 | 遮有一寡歹去。<br>cia-u7-cit8-kua2-phainn2-khi3 |
| 這件不合身。 | 這領無合軀。<br>cit4-nia2-bo5-hap8-su |
| 我想要換別件。 | 我想欲換別領。<br>gua2-siunn7-beh4-uann7-pat8-nia2 |
| 有沒有小件點的？ | 有卡細領的無？<br>u7-khah4-se3-nia2-e0-bo0 |
| 給我看別的。 | 予我看別的。<br>hoo7-gua2-khuann3-pat8-e0 |
| 請幫我修改。 | 請幫我修改。<br>chiann2-pang-gua2-siu-kai2 |

## 代換練習

| 中文 | 台灣話／台語羅馬拼音 |
|------|----------------------|
| 我要買大衣。 | 我欲買大衣。<br>gua2-beh4-be2-tua7-i |
| 我要買西裝。 | 我欲買西裝。<br>gua2-beh4-be2-se-cong |
| 我要買襯衫。 | 我欲買蝦子。<br>gua2-beh4-be2-siah-cu |
| 我要買旗袍。 | 我欲買長衫。<br>gua2-beh4-be2-chu-suan |

| 中文 | 台灣話／台語羅馬拼音 |
|---|---|
| 我要買褲子。 | 我欲買褲。<br>gua2-beh4-be2-khoo3 |
| 我要買裙子。 | 我欲買裙。<br>gua2-beh4-be2-kun5 |
| 我要買襪子。 | 我欲買襪仔。<br>gua2-beh4-be2-bueh8-a2 |
| 我要買鞋子。 | 我欲買鞋仔。<br>gua2-beh4-be2-e5-a2 |
| 我要買內衣。 | 我欲買內衫。<br>gua2-beh4-be2-lai7-sann |

## 單字補給站

| 中文 | 台灣話 | 台語羅馬拼音 |
|---|---|---|
| 襯衫 | 蝦子 | siah-cu |
| 內衣 | 內衫 | lai7-sann |
| 外套 | 外套 | gua7-tho3 |
| 大衣 | 大衣 | tua7-i |
| 西裝 | 西裝 | se-cong |
| 套裝 | 套裝 | tho3-cong |
| 背心 | 甲仔 | kah4-a2 |
| 洋裝 | 洋裝 | iunn5-cong |
| 裙子 | 裙 | kun5 |
| 運動服 | 運動衫 | un7-tong7-sann |
| 睡衣 | 睏衫 | khun3-sann |
| 褲子 | 褲 | khoo3 |
| 領帶（外來語） | 呢估帶 | ne-ku-tai3 |
| 手帕 | 手巾仔 | chiu2-kin-a2 |
| 牛仔褲 | 牛仔褲 | gu5-a2-khoo3 |
| 鞋子 | 鞋仔 | e5-a2 |
| 球鞋 | 布鞋 | poo3-e5 |

| 中文 | 台灣話 | 台語羅馬拼音 |
|------|--------|--------------|
| 高跟鞋 | 懸踏 | kuan-tah8 |
| 雨鞋 | 雨鞋 | hoo7-e5 |
| 涼鞋 | 涼鞋 | liang5-e5 |
| 襪子 | 襪仔 | bueh8-a2 |
| 圍巾 | 領巾 | am7-kin |
| 口罩 | 嘴掩 | chui3 am |

## 台語現學現賣

### 人要衣裝

| | | |
|---|---|---|
| ❶ | ❷ | ❸ |
| ❹ | ❺ | ❻ |
| ❼ | | |

| | | | |
|---|---|---|---|
| ❶ | 襯衫 | 蝦子 | siah-cu |
| ❷ | 內衣 | 內衫 | lai7-sann |
| ❸ | 外套 | 外套 | gua7-tho3 |
| ❹ | 背心 | 甲仔 | kah4-a2 |
| ❺ | 睡衣 | 睏衫 | khun3-sann |
| ❻ | 領帶（外來語） | 呢估帶 | ne-ku-tai3 |
| ❼ | 手帕 | 手巾仔 | chiu2-kin-a2 |

## 四

# 飲食篇

## ❶ 外食

MP3-17

聊天室

| 中文 | 台灣話／台語羅馬拼音 |
|------|---------------------|
| 你有訂位嗎？ | 你敢有訂位？<br>li2-kam2-u7-ting3-ui7 |
| 我有訂兩個人的位子。 | 我有訂兩個人的位。<br>gua2-u7-ting3-nng7-e5-lang5-e5-ui7 |
| 我要禁菸區的位子。 | 我欲禁薰區的位。<br>gua2-beh4-kim3-hun-khu-e5-ui7 |
| 好的，我幫你帶位。 | 好，我幫你𤆬位。<br>ho2,gua2-pang-li2-chua7-ui7 |
| 請拿菜單給我看。 | 請提菜單予我看。<br>chiann2-te5-chai3-tuann-hoo7-gua2-khuann3 |
| 今天的特餐有優惠價。 | 今仔日的特餐有優惠價。<br>kin-a2-jit8-e5-tik8-chan-u7-iu-hui7-ke3 |
| 請問你要點菜了嗎？ | 請問你欲點菜啊未？<br>chiann2-mng7-li2-beh4-tiam2-chai3-a2-bue7 |

| 中文 | 台灣話／台語羅馬拼音 |
|---|---|
| 給我們兩份牛排特餐。 | 予阮兩份牛排特餐。<br>hoo7-gun2-nng7-hun7-gu5-pai5-tik8-chan |

### 補充句

| 中文 | 台灣話／台語羅馬拼音 |
|---|---|
| 我要吸菸區的位子。 | 我欲食薰區的位。<br>gua2-beh4-ciah8-hun-khu-e5-ui7 |
| 我點的菜為什麼沒來？ | 我點的菜哪啊未來？<br>gua2-tiam2-e5-chai3-na2-a2-bue7-lai5 |
| 我要一碗豬腳麵線。 | 我欲一碗豬腳麵線。<br>gua2-beh4-cit8-uann2-ti-kha-mi7-suann3 |
| 我們去富基漁港吃海鮮。 | 咱去富基漁港食海產。<br>lan2-khi3-hu3-ki-hi5-kang2-ciah8-hai2-san2 |
| 我要結帳。 | 我欲結數。<br>gua2-beh4-kiat4-siau3 |
| 不用找了。 | 免找啊。<br>bian2-cau7-a0 |

### 代換練習

| 中文 | 台灣話／台語羅馬拼音 |
|---|---|
| 我想吃炒麵。 | 我想欲食炒麵。<br>gua2-siunn7-beh4-ciah8-cha2-mi7 |
| 我想吃什錦麵。 | 我想欲食雜菜麵。<br>gua2-siunn7-beh4-ciah8-cap8-chai3-mi7 |

| 中文 | 台灣話／台語羅馬拼音 |
|---|---|
| 我想吃意麵。 | 我想欲食意麵。<br>gua2-siunn7-beh4-ciah8-i3-mi7 |
| 我想吃鹹水鴨。 | 我想欲食鹹水鴨。<br>gua2-siunn7-beh4-ciah8-kiam5-cui2-ah4 |
| 我想吃生炒花枝。 | 我想欲食生炒花枝。<br>gua2-siunn7-beh4-ciah8-chenn-cha2-hue-ki |
| 我想吃烤烏魚子。 | 我想欲食烘烏魚子。<br>gua2-siunn7-beh4-ciah8-hang-oo-hi5-ci2 |

## 單字補給站

| 中文 | 台灣話 | 台語羅馬拼音 |
|---|---|---|
| 牛排 | 牛排 | gu5-pai5 |
| 豬排 | 豬排 | ti-pai5 |
| 雞排 | 雞排 | ke-pai5 |
| 豬腳麵線 | 豬腳麵線 | ti-kha-mi7-suann3 |
| 炒麵 | 炒麵 | cha2-mi7 |
| 什錦麵 | 雜菜麵 | cap8-chai3-mi7 |
| 意麵 | 意麵 | i3-mi7 |
| 鹹水鴨 | 鹹水鴨 | kiam5-cui2-ah4 |
| 生炒花枝 | 生炒花枝 | chenn-cha2-hue-ki |
| 烤烏魚子 | 烘烏魚子 | hang-oo-hi5-ci2 |
| 結帳 | 結數 | kiat4-siau3 |

# ❷ 吃飯

聊天室

| 中文 | 台灣話／台語羅馬拼音 |
|------|---------------------|
| 幾點要吃晚飯？ | 幾點欲食暗頓？<br>kui2-tiam2-beh4-ciah8-am3-tng3 |
| 等爸爸回來就吃飯。 | 等你老爸轉來著會使吃飯啊。<br>ting2-ni7-lau7-pe7-tng2-lai0-tioh8-<br>e7-sai2-ciah8-png7-a0 |
| 大家來吃飯了。 | 達家來吃飯啊。<br>tak8-ke-lai5-ciah8-png7-a0 |
| 今天的菜是媽媽特別煮的。 | 今仔日的菜是阿母特別煮的。<br>kin-a2-jit8-e5-chai3-si7-a-bu2-tik8-<br>piat8-cu2-e0 |
| 晚餐要回來吃嗎？ | 暗頓敢會轉來食？<br>am3-tng3-kam2-e7-tng2-lai0-ciah8 |
| 今天要加班，不回來吃了。 | 今仔日愛加班，未轉來食啊。<br>kin-a2-jit8-ai3-ka-pan,bue7-tng2-<br>lai5-ciah8-a0 |
| 你想吃什麼？ | 你想要食啥米？<br>li2-siunn7-beh4-ciah8-siann2-mih8 |
| 早上我要喝粥。 | 耶早仔我欲食糜。<br>e-cai2-a2-gua2-beh4-ciah8-muai5 |
| 早餐要吃什麼？ | 早頓欲食啥米？<br>ca2-tng7-beh4-ciah8-siann2-mih8 |
| 我要吃豆漿、燒餅、油條。 | 我欲食豆奶、燒餅、油炸粿。<br>gua2-beh4-ciah8-tau7-ling,sio-<br>piann2,iu5-cia7-kue2 |

## 補充句

| 中文 | 台灣話／台語羅馬拼音 |
| --- | --- |
| 你還要再吃一碗飯嗎？ | 你敢擱欲食一碗飯？<br>li2-kam2-koh4-beh4-ciah8-cit8-uann2-png7 |
| 菜合胃口嗎？ | 菜敢有合口味？<br>chai3-kam-u7-hap8-khau2-bi7 |
| 我去切一些水果。 | 我去切一寡果子（水果）。<br>gua2-khi3-chiat-cit8-kua2-kue2-ci2（cui2-ko2） |
| 我準備了一些點心。 | 我有準備一寡點心。<br>gua2-u7-chun2-pi7-cit8-kua2-tiam2-sim |
| 要喝飲料嗎？ | 欲琳飲料無？<br>beh4-lim-im2-liau7-bo0 |
| 還需要什麼嗎？ | 敢擱有需要啥米？<br>kam2-koh4-u7-su-iau3-siann2-mih8 |
| 今天的菜很好吃。 | 今仔日的菜真好吃。<br>kin-a2-jit8-e5-chai3-cin-ho2-ciah8 |
| 晚餐要吃什麼？ | 暗頓欲食啥米？<br>am3-tng3-beh4-ciah8-siann2-mih8 |
| 你不吃什麼？ | 你無愛食啥米？<br>li2-bo5-ai3-ciah8-siann2-mih8 |
| 我今天不想吃早飯。 | 我今仔日無想欲食早頓。<br>gua2-kin-a2-jit8-bo5-siunn7-beh4-ciah8-ca2-tng3 |

| 中文 | 台灣話／台語羅馬拼音 |
|---|---|
| 我想吃飯糰配豆漿。 | 我想欲吃飯丸配豆奶。<br>gua2-siunn7-beh4-ciah8-png7-uan5-phue3-tau7-ling |
| 我要吃漢堡和咖啡。 | 我欲食漢堡及咖啡。<br>gua2-beh4-ciah8-han3-po2-kah4-ka-pi |
| 我早上吃素。 | 我早頓食菜。<br>gua2-ca2-tng7-ciah8-chai3 |

## 單字補給站

| 中文 | 台灣話 | 台語羅馬拼音 |
|---|---|---|
| 早餐 | 早頓 | ca2-tng7 |
| 中餐 | 中到頓 | tiong-tau3-tng3 |
| 晚餐 | 暗頓 | am3-tng3 |
| 宵夜 | 宵夜 | siau-ia7 |
| 吃點心 | 食點心 | ciah8 tiam2-sim |
| 吃粥 | 食糜 | ciah8-muai5 |
| 燒餅 | 燒餅 | sio-piann2 |
| 油條 | 油炸粿 | iu5-cia7-kue2 |
| 添飯 | 添飯 | thinn-png7 |
| 胃口 | 胃口 | ui7 khau2 |
| 點心 | 點心 | tiam2-sim |
| 飲料 | 飲料 | im2-liau7 |
| 飯糰 | 飯丸 | png7-uan5 |
| 豆漿 | 豆奶 | tau7-ling |
| 漢堡 | 漢堡 | han3-po2 |
| 咖啡 | 咖啡 | ka-pi |
| 吃素 | 食菜 | ciah8-chai3 |

## 台語現學現賣

### 可口早點

| | |
|---|---|
| ❶ | ❷ |
| ❸ ❹ ❺ | |
| ❻ | ❼ |

| | | |
|---|---|---|
| ❶ 早餐 | 早頓 | ca2-tng7 |
| ❷ 吃粥 | 食糜 | ciah8-muai5 |
| ❸ 燒餅 | 燒餅 | sio-piann2 |
| ❹ 油條 | 油炸粿 | iu5-cia7-kue2 |
| ❺ 飯糰 | 飯丸 | png7-uan5 |
| ❻ 豆漿 | 豆奶 | tau7-ling |
| ❼ 吃素 | 食菜 | ciah8-chai3 |

## ❸ 味覺                                    MP3-19

### 聊天室

| 中文 | 台灣話／台語羅馬拼音 |
|---|---|
| 今天買的西瓜好甜。 | 今仔日買的西瓜真甜。<br>kin-a2-jit8-be2-e5-si-kue-cin-tinn |

| 中文 | 台灣話／台語羅馬拼音 |
|------|--------------------|
| 冰過以後更好吃。 | 冰過了後擱卡好食。<br>ping-kue3-liau2-au7-koh4-khah4-ho2-ciah8 |
| 湯不要加太多鹽，會太鹹。 | 湯毋通加傷濟鹽，會傷鹹。<br>thng-m7-thang-ka-siunn-ce7-iam5,e7-siunn-kiam5 |
| 對啊，吃起來比較健康。 | 著啊，食起來卡健康。<br>tioh8-a0,ciah8-khi2-lai5-khah4-kian7-khong |

### 補充句

| 中文 | 台灣話／台語羅馬拼音 |
|------|--------------------|
| 今天的菜太油了。 | 今仔日的菜傷油啊。<br>kin-a2-jit8-e5-chai3-siunn-iu5-a0 |
| 菜不要太辣。 | 菜毋通傷掀。<br>chai3-m7-than-siunn-hiam |

### 代換練習

MP3-20

| 中文 | 台灣話／台語羅馬拼音 |
|------|--------------------|
| 這個太酸。 | 這傷酸。<br>ce-siunn-sng |
| 這個太甜。 | 這傷甜。<br>ce-siunn-tinn |
| 這個太苦。 | 這傷苦。<br>ce-siunn-khoo2 |
| 這個太辣。 | 這傷掀。<br>ce-siunn-hiam |

| 中文 | 台灣話／台語羅馬拼音 |
|---|---|
| 這個太鹹。 | 這傷鹹。<br>ce-siunn-kiam5 |
| 這個太冰。 | 這傷冰。<br>ce-siunn-ping |
| 這個太燙。 | 這傷燒。<br>ce-siunn-sio |
| 這個太冷。 | 這傷冷。<br>ce-siunn-ling2 |
| 這個很香。 | 這真芳<br>ce-cin-phang |
| 這個很臭。 | 這真臭。<br>ce-cin-chau3 |

## 單字補給站

| 中文 | 台灣話 | 台語羅馬拼音 |
|---|---|---|
| 好甜 | 足甜 | ciok4tinn |
| 好吃 | 好食 | ho2-ciah8 |
| 太油 | 傷油 | siunn-iu5 |
| 太辣 | 傷掀 | siunn-hiam |
| 太酸 | 傷酸 | siunn-sng |
| 太甜 | 傷甜 | siunn-tinn |
| 太苦 | 傷苦 | siunn-khoo2 |
| 太鹹 | 傷鹹 | siunn-kiam5 |
| 太冰 | 傷冰 | siunn-ping |
| 太燙 | 傷燒 | siunn-sio |
| 太冷 | 傷冷 | siunn-ling2 |
| 很香 | 真芳 | cin-phang |
| 很臭 | 真臭 | cin-chau3 |

# ❹ 吃點心

聊天室

| 中文 | 台灣話／台語羅馬拼音 |
|---|---|
| 我肚子有點餓了。 | 我腹肚有一屑仔夭啊。<br>gua2-pak4-too2-u7-cit8-sut-a2-iau-a0 |
| 前面那家蚵仔麵線和臭豆腐非常好吃。 | 頭前彼間蚵仔麵線及臭豆腐非常好食。<br>thau5-cing5-hit-king-o5-a2-mi7-suann3-kah4-chau3-tau7-hu7-hui-sionn5-ho2-ciah8 |
| 你想吃什麼？ | 你想欲食啥米？<br>li2-siunn7-beh4-ciah8-siann2-mih8 |
| 我想吃蚵仔煎。 | 我想欲食蚵仔煎。<br>gua2-siunn7-beh4-ciah8-o5-a2-cian |
| 那家的包子和饅頭做得不錯。 | 彼間的包仔及饅頭夠了未壞。<br>hit-king-e5-pau-a2-kah4-ban2-tho5-co3-liau2-be7-bai2 |
| 我要去買一些肉包、菜包和豆沙包。 | 我欲去買一寡肉包、菜包及豆沙包。<br>gua2-beh4-khi3-be2-cit8-kua2-bah4-pau,chai3-pau-kah4-tau7-se-pau |
| 端午節的習俗上是吃肉粽。 | 五月節的風俗是吃肉粽。<br>goo7-gueh8-ciat4-e5-hong-siok8-si7-ciah8-bah4-cang3 |

| 中文 | 台灣話／台語羅馬拼音 |
|---|---|
| 肉粽很好吃，但是吃太多會消化不良。 | 肉粽真好食，啊毋過食傷濟會歹消化。<br>bah4-cang3-cin-ho2-ciah8,a2-m7-ko-ciah8-siunn-ce7-e7-phainn2-siau-hua3 |

## 代換練習

| 中文 | 台灣話／台語羅馬拼音 |
|---|---|
| 我想吃肉圓。 | 我想欲食肉丸。<br>gua2-siunn7-beh4-ciah8-bah4-uan5 |
| 我想吃碗糕。 | 我想欲食碗粿。<br>gua2-siunn7-beh4-ciah8-uann2-kue2 |
| 我想吃年糕。 | 我想欲食甜粿。<br>gua2-siunn7-beh4-ciah8-tinn-kue2 |
| 我想吃春捲。 | 我想欲食潤餅高。<br>gua2-siunn7-beh4-ciah8-lun7-piann2-kauh7 |
| 我想吃油飯。 | 我想欲食油飯。<br>gua2-siunn7-beh4-ciah8-iu5-png7 |
| 我想吃水餃。 | 我想欲食水餃。<br>gua2-siunn7-beh4-ciah8-cui2-kiau2 |
| 我想吃雞排。 | 我想欲食雞排。<br>gua2-siunn7-beh4-ciah8-ke-pai5 |
| 我想吃四神湯。 | 我想欲食四神湯。<br>gua2-siunn7-beh4-ciah8-su3-sin5-thng |

| 中文 | 台灣話／台語羅馬拼音 |
|---|---|
| 我想吃貢丸湯。 | 我想欲食貢丸湯。<br>gua2-siunn7-beh4-ciah8-kong3-uan5-thng |
| 我想吃薑母鴨。 | 我想欲食薑母鴨。<br>gua2-siunn7-beh4-ciah8-kiunn-bo2-ah4 |
| 我想吃芒果青。 | 我想欲食檨仔青。<br>gua2-siunn7-beh4-ciah8-suainn7-a2-chenn |
| 我想吃烤玉米。 | 我想欲食烘番麥。<br>gua2-siunn7-beh4-ciah8-hang-huan-beh8 |

## 單字補給站

| 中文 | 台灣話 | 台語羅馬拼音 |
|---|---|---|
| 蚵仔麵線 | 蚵仔麵線 | o5-a2-mi7-suann3 |
| 臭豆腐 | 臭豆腐 | chau3-tau7-hu7 |
| 蚵仔煎 | 蚵仔煎 | o5-a2-cian |
| 包子 | 包仔 | pau-a2 |
| 饅頭 | 饅頭 | ban2-tho5 |
| 肉包 | 肉包 | bah4-pau |
| 菜包 | 菜包 | chai3-pau |
| 豆沙包 | 豆沙包 | tau7-se-pau |
| 肉粽 | 肉粽 | bah4-cang3 |
| 肉圓 | 肉丸 | bah4-uan5 |
| 碗糕 | 碗粿 | uann2-kue2 |
| 年糕 | 甜粿 | tinn-kue2 |
| 春捲 | 潤餅高 | lun7-piann2-kauh7 |
| 油飯 | 油飯 | iu5-png7 |

| 中文 | 台灣話 | 台語羅馬拼音 |
|---|---|---|
| 水餃 | 水餃 | cui2-kiau2 |
| 雞排 | 雞排 | ke-pai5 |
| 四神湯 | 四神湯 | su3-sin5-thng |
| 貢丸湯 | 貢丸湯 | kong3-uan5-thng |
| 薑母鴨 | 薑母鴨 | kiunn-bo2-ah4 |
| 芒果青 | 樣仔青 | suainn7-a2-chenn |
| 烤玉米 | 烘番麥 | hang-huan-beh8 |

## 台語現學現賣

### 吃點心

| ❶ 肉圓 | 肉丸 | bah4-uan5 |
|---|---|---|
| ❷ 碗糕 | 碗粿 | uann2-kue2 |
| ❸ 年糕 | 甜粿 | tinn-kue2 |
| ❹ 春捲 | 潤餅高 | lun7-piann2-kauh7 |
| ❺ 芒果青 | 樣仔青 | suainn7-a2-chenn |
| ❻ 烤玉米 | 烘番麥 | hang-huan-beh8 |

# ❺ 我喜歡喝

## 聊天室

| 中文 | 台灣話／台語羅馬拼音 |
|---|---|
| 你要喝咖啡還是紅茶？ | 你欲琳咖啡抑是紅茶？<br>li2-beh4-lim-ka-pi-a2-si7-ang5-te5 |
| 給我冰的檸檬紅茶。 | 予我冰的檸檬紅茶。<br>hoo7-gua2-ping-e5-le5-bong2-ang5-te5 |
| 喝牛奶對身體很好。 | 琳牛奶對身體真好。<br>lim-gu5-ling-tui3-sin-the2-cin-ho2 |
| 我每天一定喝果汁。 | 我達工一定琳果汁。<br>gua2-tak8-kang-it-ting7-lim-ko2-ciap4 |
| 我覺得口渴。 | 我感覺嘴乾。<br>gua2-kam2-kak4-chui3-ta |
| 冰箱裡有礦泉水。 | 冰箱內面有礦泉水。<br>ping-sionn-lai7-bin7-u7-khong3-cuann5-cui2 |

## 代換練習

| 中文 | 台灣話／台語羅馬拼音 |
|---|---|
| 我喜歡喝可樂。 | 我甲意琳可樂。<br>gua2-i3-lim-kho2-la3 |
| 我喜歡喝汽水。 | 我甲意琳汽水。<br>gua2-kah4-i3-lim-khi3-cui2 |

| 中文 | 台灣話／台語羅馬拼音 |
|---|---|
| 我喜歡喝水。 | 我甲意琳滾水。<br>gua2-kah4-i3-lim-kun2-cui2 |
| 我喜歡喝茶。 | 我甲意琳茶。<br>gua2-kah4-i3-lim-te5 |
| 我喜歡喝甘蔗汁。 | 我甲意琳甘蔗汁。<br>gua2-kah4-i3-lim-kam-cia3-ciap4 |

## 單字補給站

| 中文 | 台灣話 | 台語羅馬拼音 |
|---|---|---|
| 咖啡 | 咖啡 | ka-pi |
| 紅茶 | 紅茶 | ang5-te5 |
| 檸檬紅茶 | 檸檬紅茶 | le5-bong2-ng5-te5 |
| 玫瑰花茶 | 玫瑰花茶 | mui5-kui3-hue-te5 |
| 牛奶 | 牛奶 | gu5-ling |
| 礦泉水 | 礦泉水 | khong3-cuann5-cui2 |
| 可樂 | 可樂 | kho2-la3 |
| 果汁 | 果汁 | ko2-ciap4 |
| 開水 | 滾水 | kun2-cui2 |
| 甘蔗汁 | 甘蔗汁 | kam-cia3-ciap4 |

**❻ 我喜歡吃**

## 聊天室

| 中文 | 台灣話／台語羅馬拼音 |
|---|---|
| 夏天吃芒果冰真是享受。 | 熱天食樣仔冰實在真享受。<br>juah8-thinn-iah8-uainn7-a2-ping-<br>sit8-cai7-cin-hiang2-siu7 |
| 給我一份水果冰。 | 予我一份水果冰。<br>hoo7-ua2-it8-hun7-cui2-ko2-ping |
| 今天蘋果怎麼賣？ | 今仔日楗果按怎賣？<br>kin-a2-jit8-phong7-ko2-an2-<br>cuann2-be7 |
| 七粒算你一百元。 | 七粒算你一百塊。<br>chit4-liap8-sng3-li2-cit8-pah4-khoo |
| 我喜歡吃「大餅包小餅」。 | 我甲意食「大餅包細餅」。<br>gua2-kah4-i3-ciah8-tua7-piann2-<br>pau-se3-piann2 |
| 士林夜市就有在賣。 | 士林夜市仔著有佇耶賣。<br>su7-lim5-ia7-chi7-cau7-io7-tioh8-<br>u7-be7 |

## 代換練習

| 中文 | 台灣話／台語羅馬拼音 |
|---|---|
| 我喜歡吃水果。 | 我甲意食果子。<br>gua2-kah4-i3-ciah8-kue2-ci2 |
| 我喜歡吃香蕉。 | 我甲意食弓蕉。<br>gua2-kah4-i3-ciah8-kin-cio |
| 我喜歡吃蘋果。 | 我甲意食楗果。<br>gua2-kah4-i3-ciah8-phong7-ko2 |

| 中文 | 台灣話／台語羅馬拼音 |
|---|---|
| 我喜歡吃西瓜。 | 我甲意食西瓜。<br>gua2-kah4-i3-ciah8-si-kue |
| 我喜歡吃麵包。 | 我甲意食胖。<br>gua2-hah8-i3-ciah8-phang2 |
| 我喜歡吃蛋糕。 | 我甲意食雞卵糕。<br>gua2-kah4-i3-ciah8-ke-nng7-ko |
| 我喜歡吃魚。 | 我甲意食魚仔。<br>gua2-kah4-i3-ciah8-hi5-a2 |
| 我喜歡吃雞肉。 | 我甲意食雞肉。<br>gua2-kah4-i3-ciah8-ke-bah4 |
| 我喜歡吃雞蛋。 | 我甲意食雞卵。<br>gua2-kah4-i3-ciah8-ke-nng7 |

## 單字補給站

| 中文 | 台灣話 | 台語羅馬拼音 |
|---|---|---|
| 芒果冰 | 檨仔冰 | suainn7-a2-ping |
| 水果冰 | 水果冰 | cui2-ko2-ping |
| 香蕉 | 弓蕉 | kin-cio |
| 蘋果 | 椪果 | phong7-ko2 |
| 西瓜 | 西瓜 | si-kue |
| 大餅包小餅 | 大餅包細餅 | tua7-piann2-pau-se3-piann2 |
| 麵包（外來語） | 胖（麵包） | phang2(mi7-pau) |
| 蛋糕 | 雞卵糕 | ke-nng7-ko |
| 魚 | 魚仔 | hi5-a2 |
| 雞肉 | 雞肉 | ke-bah4 |
| 雞蛋 | 雞卵 | ke-nng7 |

美味食物篇

| | |
|---|---|
| ❶ | ❷ |
| ❸ | ❹ |
| ❺ | ❻ |

❶ 芒果冰　　　　樣仔冰　　　　　　　suainn7-a2-ping
❷ 香蕉　　　　　弓蕉　　　　　　　　kin-cio
❸ 蘋果　　　　　檨果　　　　　　　　phong7-ko2
❹ 麵包（外來語）胖（麵包）　　　　　phang2 (mi7-pau)
❺ 蛋糕　　　　　雞卵糕　　　　　　　ke-nng7-ko
❻ 雞蛋　　　　　雞卵　　　　　　　　ke-nng7

## ❼ 怎麼樣？　　　　　　　　　　　　　　　　　MP3-24

聊天室

| 中文 | 台灣話／台語羅馬拼音 |
|---|---|
| 喝點茶怎麼樣？ | 琳一寡茶按怎？<br>lim-cit8-kua2-te5-an2-cuann2 |

| 中文 | 台灣話／台語羅馬拼音 |
|---|---|
| 讓你麻煩了。 | 予你麻煩啊。<br>hoo7-li2-ma5-huan5-a0 |
| 我想喝汽水。 | 我想欲琳汽水。<br>gua2-siunn7-beh4-lim-khi3-cui2 |
| 要沙士還是可樂？ | 欲沙士抑是可樂？<br>beh4-sa-su7-a2-si7-kho3-la8 |

## 代換練習

| 中文 | 台灣話／台語羅馬拼音 |
|---|---|
| 喝點兒咖啡怎麼樣？ | 琳一寡咖啡按怎？<br>beh4-lim-cit8-kua2-ka-pi-an2-cuann2 |
| 喝點兒啤酒怎麼樣？ | 琳一寡麥仔酒按怎？<br>lim-cit8-kua2-beh8-a2-ciu2-an2-cuann2 |
| 吃點兒水果怎麼樣？ | 食一寡果子按怎？<br>ciah8-cit8-kua2-kue2-ci2-an2-cuann2 |
| 吃點兒餅乾怎麼樣？ | 食一點仔餅按怎？<br>ciah8-it8-tiam2-a2-iann2-n2-cuann2 |

## 單字補給站

| 中文 | 台灣話 | 台語羅馬拼音 |
|---|---|---|
| 茶 | 茶 | te5 |
| 汽水 | 汽水 | khi3-cui2 |
| 沙士 | 沙士 | sa-su7 |
| 啤酒 | 麥仔酒 | beh8-a2-ciu2 |
| 餅乾 | 餅 | piann2 |

# 五

## 溝通篇

### ❶自我介紹

聊天室

| 中文 | 台灣話／台語羅馬拼音 |
|------|---------------------|
| 你叫什麼名字？ | 你叫啥米名？<br>li2-kio3-siann2-mih8-mia5 |
| 我叫李明，請指教。 | 我叫李明，請指教。<br>gua2-kio3-li2-bing5,hiann2-ci2-kau3 |
| 你從哪裏來的？ | 你對陀位來的？<br>li2-tui5-to2-ui7-lai5-e0 |
| 我從韓國來的。 | 我對韓國來的。<br>gua2-tui5-hn5-kok4-lai5-e0 |
| 謝謝你的照顧。 | 多謝你的照顧。<br>to-sia7-li2-e5-ciau3-koo3 |
| 不用客氣。 | 免客氣。<br>bian2-kheh4-khi3 |
| 你住在哪裡？ | 你蹛佇陀位？<br>li2-tua3-ti7-to2-ui7 |
| 我住在台北。 | 我蹛佇台北。<br>gua2-tua3-ti7-ti5-pak4 |
| 你家有幾個人？ | 恁兜有幾個人？<br>lin2-tau-u7-kui2-e5-lang5 |

| 中文 | 台灣話／台語羅馬拼音 |
|---|---|
| 有父母、一個哥哥和我，一共四個人。 | 有父母、一個阿兄及我，攏總四個人。<br>u7-pe7-bu2,it8-e5-a-hiann-kah4-gua2,long2-cong2-si3-e5-lang5 |
| 你今年幾歲？ | 你今年幾歲？<br>li2-kin-ni5-kui2-hue3 |
| 我今年二十五歲。 | 我今年二十五歲。<br>gua2-kin-ni5-ji7-cap8-goo7-hue3 |
| 你的興趣是什麼？ | 你的興趣是啥米？<br>li2-e5-hing3-chu3-si7-siann2-mih8 |
| 我喜歡看電影。 | 我甲意看電影。<br>gua2-kah4-i3-khuann3-tian7-iann2 |

補充句

| 中文 | 台灣話／台語羅馬拼音 |
|---|---|
| 初次見面，請多多關照。 | 頭一擺見面，請多多關照。<br>tau5-cit8-pai2-kinn3-bin7,chiann2-to-to-kuan-ciau3 |
| 大家好！ | 達家好！<br>tak8-ke-ho2 |
| 我很高興來台灣。 | 我真歡喜來台灣。<br>gua2-cin-huann-hi2-lai5-tai5-uan5 |
| 我去花蓮旅遊。 | 我去花蓮旅遊。<br>gua2-khi3-hua-lian5-lu2-iu5 |
| 我來高雄工作。 | 我來高雄做康傀。<br>gua2-lai5-ko-hiong5-co3-khang-khue3 |
| 你家電話幾號？ | 恁兜電話幾號？<br>lin2-tau-tian7-ue7-ki2-ho7 |

| 中文 | 台灣話／台語羅馬拼音 |
|---|---|
| 很高興認識你。 | 真歡喜會使及你熟似。<br>cin-huann-hi2-e7-sai2-kah4-li2-sik8-sai7 |
| 這是我的名片。 | 這是我的名片。<br>ce-si7-gua2-e5-bing5-phinn3 |

## 單字補給站

| 中文 | 台灣話 | 台語羅馬拼音 |
|---|---|---|
| 名字 | 名字 | mia5-ji7 |
| 韓國 | 韓國 | han5-kok4 |
| 台北 | 台北 | tai5-pak4 |
| 父母 | 父母 | pe7-bu2 |
| 哥哥 | 阿兄 | a-hiann |
| 興趣 | 興趣 | hing3-chu3 |
| 看電影 | 看電影 | khuann3-tian7-iann2 |
| 台灣 | 台灣 | tai5-uan5 |
| 高雄 | 高雄 | ko-hiong5 |
| 電話號碼 | 電話號碼 | tian7-ue7-ho7-be2 |
| 名片 | 名片 | bing5-phinn3 |

## ❷ 職業　　　　　　　　　　　　　　MP3-26

## 聊天室

| 中文 | 台灣話／台語羅馬拼音 |
|---|---|
| 你在做什麼工作？ | 你咧做啥米康傀？<br>li2-leh4-co3-siann2-mih8-khang-khue3 |

| 中文 | 台灣話／台語羅馬拼音 |
|---|---|
| 我是公司職員。 | 我是公司員工。<br>gua2-si7-kong-si-uan5-kang |
| 公司生意好嗎？ | 公司的生理好無？<br>kong-si-e5-sing-li2-ho2-bo0 |
| 不錯，最近比較忙。 | 未壞，最近卡無閒。<br>be7-bai2,cue3-kin7-khah4-bo5-ing5 |
| 今天要加班嗎？ | 今仔日敢愛加班？<br>kin-a2-jit8-kam2-ai3-ka-pan |
| 這幾天都要加班。 | 這幾工攏愛加班。<br>cit4-kui2-kang-long2-ai3-ka-pan |
| 你在哪一家公司上班？ | 你佇陀一間公司上班？<br>li2-ti7-to2-cit8-king-kong-si-siong7-pan |
| 我在一間美商公司上班。 | 我佇一間美商公司上班。<br>gua2-ti7-cit8-king-bi2-siong-kong-si-siong7-pan |

補充句

| 中文 | 台灣話／台語羅馬拼音 |
|---|---|
| 我來談生意。 | 我來講生理。<br>gua2-lai5-kong2-sing-li2 |
| 我來開工廠。 | 我來開工廠。<br>gua2-lai5-khui-kang-tiunn5 |
| 我要和客戶簽約。 | 我欲及客戶簽約。<br>gua2-beh4-kah4-kheh-hoo7-chiam-iok4 |

| 中文 | 台灣話／台語羅馬拼音 |
|---|---|
| 我在學校打工。 | 我佇學校拍短工。<br>gua2-ti7-hak8-hau7-phah4-te2-kang |
| 我現在失業了。 | 我這嘛無頭路啊。<br>gua2-cit4-ma2-bo5-thau5-loo7-a0 |

## 代換練習

| 中文 | 台灣話／台語羅馬拼音 |
|---|---|
| 我是工人。 | 我是工人。<br>gua2-si7-kang-lang5 |
| 我是學生。 | 我是學生。<br>gua2-si7-hak8-sinn |
| 我是老師。 | 我是老師。<br>gua2-si7-lau7-su |
| 我是店員。 | 我是店員。<br>gua2-si7-tiam3-uan5 |
| 我是會計。 | 我是會計。<br>gua2-si7-hue7-ke3 |
| 我是醫生。 | 我是醫生。<br>gua2-si7-i-sinn |
| 我是公務員。 | 我是公務員。<br>gua2-si7-gong-bu7-uan5 |

## 單字補給站

| 中文 | 台灣話 | 台語羅馬拼音 |
|---|---|---|
| 生意 | 生理 | sing-li2 |

| 中文 | 台灣話 | 台語羅馬拼音 |
|------|--------|--------------|
| 加班 | 加班 | ka-pan |
| 開工廠 | 開工廠 | khui-kang-tiunn5 |
| 客戶 | 客戶 | kheh-hoo7 |
| 簽約 | 簽約 | chiam-iok4 |
| 學校 | 學校 | hak8-hau7 |
| 打工 | 拍短工 | phah4-te2-kang |
| 失業 | 無頭路 | bo5-thau5-loo7 |
| 公司職員 | 公司員工 | kong-si-uan5-kang |
| 工人 | 工人 | kang-lang5 |
| 水電工 | 水電工 | cui2-tian7-kang |
| 油漆工人 | 油漆工人 | iu5-chat-kang-lang5 |
| 學生 | 學生 | hak8-sinn |
| 老師 | 老師 | lau7-su |
| 店員 | 店員 | tiam3-uan5 |
| 會計 | 會計 | hue7-ke3 |
| 醫生 | 醫生 | i-sinn |
| 公務員 | 公務員 | kong-bu7-uan5 |

## ❸ 運動

MP3-27

聊天室

| 中文 | 台灣話／台語羅馬拼音 |
|------|------------------------|
| 運動對身體很好。 | 運動對身體真好。<br>un7-tong7-tui3-sin-the2-cin-ho2 |

| 中文 | 台灣話／台語羅馬拼音 |
|---|---|
| 我每天早上都有跑步。 | 我達工耶早仔攏有跑步。<br>gua2-tak8-kang-e5-cai2-a2-long2-u7-phau2-poo7 |
| 你最喜歡的運動是什麼？ | 你上甲意的運動是啥米？<br>li2-siang7-kah4-i3-e5-un7-tong7-si7-siann2-mih8 |
| 我喜歡游泳。 | 我愛泅水。<br>gua2-ai3-siu5-cui2 |
| 你最近好像比較胖了。 | 你最近假那卡肥啊。<br>li2-cue3-kin7-kah4-na2-khah4-pui5-a0 |
| 明天開始要減肥了。 | 明仔載愛開始減肥啊。<br>bin5-a2-cai3-ai3-khai-si2-kiam2-pui5-a0 |
| 你會打籃球嗎？ | 你敢會曉拍籃球？<br>li2-kam2-e7-hiau2-phah4-na5-kiu5 |
| 我喜歡打籃球，可是打得不太好。 | 我愛拍籃球，毋過拍了沒誠好。<br>gua2-ai3-phah4-na5-kiu5,m7-ko-phah4-liau2-bo5-ciann5-ho2 |

補充句

| 中文 | 台灣話／台語羅馬拼音 |
|---|---|
| 你有看過棒球賽嗎？ | 你敢有看過棒球比賽？<br>li2-kam2-u7-khuann3-kue3-pang7-kiu5-pi2-sai3 |
| 星期天一起去打保齡球好嗎？ | 禮拜做伙去拍保齡球好無？<br>le2-pai3-co3-hue2-khi3-phah4-po2-ling5-kiu5-ho2-bo0 |

| 中文 | 台灣話／台語羅馬拼音 |
| --- | --- |
| 很多人在公園做運動。 | 真濟人佇咧公園做運動。<br>cin-ce7-lang5-ti7-leh0-kong-hng5-co3-un7-tong7 |
| 我每天早上做體操。 | 我達工耶早仔做體操。<br>gua2-tak8-kang-e5-cai2-a2-co3-the2-chau |
| 有很多太太在跳舞。 | 有真濟太太佇咧跳舞。<br>u7-cin-ce7-thai3-thai3-ti7-leh0-thiau3-bu2 |
| 小朋友在草地放風箏。 | 囡仔佇咧草地放風吹。<br>gin2-a2-ti7-leh0-chau2-te7-pang3-hong-chue |
| 學生騎腳踏車上學。 | 學生騎腳踏車去學校。<br>hak8-senn-khia5-kha-tah8-chia-khi3-hak8-hau7 |
| 我每天在操場練習比賽。 | 我達工佇運動場練習比賽。<br>gua2-tak8-kang-ti7-un7-tong7-tiunn5-lian7-sip8-pi2-sai3 |

## 代換練習

| 中文 | 台灣話／台語羅馬拼音 |
| --- | --- |
| 我喜歡打太極拳。 | 我愛拍太極拳。<br>gua2-ai3-phah4-thai3-kik8-kun5 |
| 我喜歡打籃球。 | 我愛拍籃球。<br>gua2-ai3-phah4-na5-kiu5 |
| 我喜歡打排球。 | 我愛拍排球。<br>gua2-ai3-phah4-pai5-kiu5 |

| 中文 | 台灣話／台語羅馬拼音 |
|---|---|
| 我喜歡跳舞。 | 我愛跳舞。<br>gua2-ai3-thiau3-bu2 |
| 我喜歡去海邊釣魚。 | 我愛去海邊仔釣魚。<br>gua2-ai3-khi3-hai2-pinn-a2-tio3-hi5 |
| 我喜歡打電腦。 | 我愛拍電腦。<br>gua2-ai3-phah4-tian7-nau2 |

## 單字補給站

| 中文 | 台灣話 | 台語羅馬拼音 |
|---|---|---|
| 運動 | 運動 | un7-tong7 |
| 游泳 | 泅水 | siu5-cui2 |
| 籃球 | 籃球 | na5-kiu5 |
| 保齡球 | 保齡球 | po2-ling5-kiu5 |
| 排球 | 排球 | pai5-kiu5 |
| 棒球 | 野球（日本語） | ia2-kiu5 |
| 足球 | 腳球 | kha-kiu5 |
| 跳舞 | 跳舞 | thiau3-bu2 |
| 放風箏 | 放風吹 | pang3-hong-chue |
| 騎腳踏車 | 騎腳踏車 | khia5-kha-tah8-chia |
| 太極拳 | 太極拳 | thai3-kek8-kun5 |
| 打電腦 | 拍電腦 | phah4-tian7-nau2 |
| 釣魚 | 釣魚 | tio3-hi5 |
| 減肥 | 減肥 | kiam2-pui5 |

| 中文 | 台灣話 | 台語羅馬拼音 |
|---|---|---|
| 公園 | 公園 | kong-hng5 |
| 草地 | 草地 | chau2-te7 |
| 操場 | 運動場 | un7-tong7-tiunn5 |

## 台語現學現賣

### 活動篇

❶ 游泳　　　　泅水　　　　　　siu5-cui2
❷ 棒球　　　　野球（日本語）　ia2-kiu5
❸ 足球　　　　腳球　　　　　　kha-kiu5
❹ 放風箏　　　放風吹　　　　　pang3-hong-chue
❺ 打電腦　　　拍電腦　　　　　phah4-tian7-nau2

# 六

## 生活情境篇

### ❶ 上郵局

 MP3-28

**聊天室**

| 中文 | 台灣話／台語羅馬拼音 |
|---|---|
| 寄這個包裹要多少錢？ | 寄這個包裹愛外濟錢？<br>kia3-cit4-e5-pau-ko2-ai3-gua7-ce7-cinn5 |
| 要三百元。 | 愛三百塊。<br>ai3-sann-pah4-khoo |
| 這封信要幾天才能到？ | 這封批愛幾工才會使到？<br>cit4-hong-phue-ai3-kui2-kang-<br>ciah-e7-sai2-kau3 |
| 大概要五天。 | 大概愛五工。<br>tai7-khai3-ai3-goo7-kang |
| 我要寄航空郵件。 | 我欲寄航空郵件。<br>gua2-beh4-kia3-hang5-khong-iu5-<br>kiann7 |
| 請到 3 號櫃臺。 | 請到三號櫃臺。<br>chiann2-kau3-sann-ho7-kui7-tai5 |

**補充句**

| 中文 | 台灣話／台語羅馬拼音 |
|---|---|
| 我要寄信。 | 我欲寄批。<br>gua2-beh4-kia3-phue |

| 中文 | 台灣話／台語羅馬拼音 |
|------|--------------------|
| 麻煩我要寄掛號。 | 麻煩我欲寄掛號。<br>ma5-huan5-gua2-beh4-kia3-kua3-ho7 |
| 我要寄印刷品。 | 我欲寄印刷品。<br>gua2-beh4-kia3-in3-suat4-phin2 |
| 我要寄去日本。 | 我欲寄去日本。<br>gua2-beh4-kia3-khi3-jit8-pun2 |
| 我要買五張十元郵票。 | 我欲買五張十元郵票。<br>gua2-beh4-be2-goo7-tiunn-cap8-khoo-iu5-phio3 |
| 有沒有賣紀念郵票？ | 敢有賣紀念郵票？<br>kam2-u7-bue7-ki2-liam7-iu5-phio3 |
| 有沒有賣信封、信紙？ | 敢有賣信封、信紙？<br>kam2-u7-bue7-sin3-hong,sin3-cua2 |

### 單字補給站

| 中文 | 台灣話 | 台語羅馬拼音 |
|------|--------|------------|
| 郵局 | 郵局 | iu5-kiok8 |
| 寄信 | 寄批 | kia3-phue |
| 包裹 | 包裹 | pau-ko2 |
| 航空郵件 | 航空郵件 | hang5-khong-iu5-kiann7 |
| 櫃臺 | 櫃臺 | kui7-tai5 |
| 掛號 | 掛號 | kua3-ho7 |
| 印刷品 | 印刷品 | in3-suat4-phin2 |
| 郵票 | 郵票 | iu5-phio3 |
| 信封 | 信封 | sin3-hong |
| 信紙 | 信紙 | isn3-cua2 |
| 美國 | 美國 | bi2-kok4 |

| 中文 | 台灣話 | 台語羅馬拼音 |
|---|---|---|
| 日本 | 日本 | jit8-pun2 |
| 中國大陸 | 中國大陸 | tiong-kok4-tai7-liok8 |
| 韓國 | 韓國 | han5-kok4 |
| 香港 | 香港 | hiang-kang2 |
| 澳門 | 澳門 | O3-mng5 |
| 菲律賓 | 菲律賓 | hui-lit8-pin |
| 越南 | 越南 | guat8-lam5 |
| 泰國 | 泰國 | thai3-kok4 |
| 印尼 | 印尼 | in3-ni5 |
| 馬來西亞 | 馬來西亞 | ma2-lai5-se-a2 |
| 新加坡 | 新加坡 | sin-ka-pho |
| 英國 | 英國 | ing-kok4 |
| 法國 | 法國 | huat4-kok4 |
| 德國 | 德國 | tek4-kok4 |
| 蘇俄 | 蘇俄 | soo-go5 |
| 荷蘭 | 荷蘭 | ho5-lan5 |

## ❷ 在銀行

MP3-29

聊天室

| 中文 | 台灣話／台語羅馬拼音 |
|---|---|
| 我想開戶頭。 | 我想欲開戶。<br>gua2-siong2-beh4-khui-hoo7 |
| 有沒有帶印章？ | 敢有紮印仔？<br>kam2-u7-cah4-in3-a2 |
| 哪裡可以換美元？ | 陀位會使換美金？<br>to2-ui7-e7-sai2-uann7-bi2-kim |

| 中文 | 台灣話／台語羅馬拼音 |
| --- | --- |
| 請填這張存款單。 | 請寫這張存款單。<br>chiann2-sia2-cit4-tiunn-cun5-khuan2-tuann |
| 我想要領錢。 | 我想欲領錢。<br>gua2-siunn7-beh4-nia2-cinn5 |
| 有沒有帶存摺？ | 敢有紮寄金簿仔？<br>kam-u7-cah4-kia3-kim-phoo7-a2 |

**補充句**

| 中文 | 台灣話／台語羅馬拼音 |
| --- | --- |
| 我想匯款。 | 我想欲匯款。<br>gua2-siunn7-beh4-hue7-khuan2 |
| 我想存錢。 | 我想欲寄金。<br>gua2-siunn7-beh4-kia3-kim |
| 請填寫存款單。 | 請填寫存款單。<br>chiann2-thian5-sia2-cun5-khuan2-tuann |
| 今天的匯率是多少？ | 今仔日的匯率是外濟？<br>kin-a2-jit8-e5-hue5-lut8-si7-gua7-ce7 |
| 手續費是多少？ | 手續費是外濟？<br>chiu2-siok8-hui3-si7-gua7-ce7 |
| 你有帶證件嗎？ | 你敢有紮證件？<br>li2-kam2-u7-cah4-cing3-kiann7 |

**單字補給站**

| 中文 | 台灣話 | 台語羅馬拼音 |
| --- | --- | --- |
| 戶頭 | 戶頭 | hoo7-thau5 |
| 印章 | 印仔 | in3-a2 |

| 中文 | 台灣話 | 台語羅馬拼音 |
|---|---|---|
| 身份證 | 身份證 | sin-hun7-cing3 |
| 美元 | 美金 | bi2-kim |
| 台幣 | 台票 | tai5-phio3 |
| 日圓 | 日票 | jit8-phio3 |
| 人民幣 | 人民票 | jin5-bin5-phio3 |
| 領錢 | 領錢 | nia2-cinn5 |
| 存摺 | 寄金簿仔 | kia3-kim-phoo7-a2 |
| 匯款 | 匯款 | hue7-khuan2 |
| 存錢 | 寄金 | kia3-kim |
| 匯率 | 匯率 | hue5-lut8 |
| 手續費 | 手續費 | chiu2-siok8-hui3 |

## ❸ 圖書館 MP3-30

聊天室

| 中文 | 台灣話／台語羅馬拼音 |
|---|---|
| 我要借這本書。 | 我欲借這本冊。<br>gua2-beh4-cioh4-cit4-pun2-cheh4 |
| 這本不能外借，限館內閱覽。 | 這本未使外借，干那會使佇館內面讀。<br>cit4-pun2-be7-sai2-gua7-cioh4,kan-na7-e7-sia2-ti7-kuan2-lai-mian3-thak8 |
| 歸還日期是哪一天？ | 陀一工愛衡？<br>to2-cit8-kang-ai3-hing5 |

| 中文 | 台灣話／台語羅馬拼音 |
|---|---|
| 借出期限是兩個禮拜。 | 出借期限是兩個禮拜。<br>chut4-cioh4-ki5-han7-si7-nng7-e5-le2-pai3 |
| 那本書被借走了。 | 彼本冊予人借走啊。<br>hit4-pun2-cheh4-hoo7-lang5-cioh4-cau2-a0 |
| 我想預定那本書。 | 我想先預定彼本冊。<br>gua2-siunn7-sing-u7-ting7-hit4-pun2-cheh4 |

### 補充句

| 中文 | 台灣話／台語羅馬拼音 |
|---|---|
| 能不能幫我查一本書？ | 敢會使幫我查一本冊？<br>kam2-e7-sai2-pang-gua2-cha-cit8-pun2-cheh4 |
| 雜誌放在哪裡？ | 雜誌园佇陀位？<br>cap8-ci3-khng3-ti7-to2-ui7 |
| 一起去圖書館找資料。 | 做伙去圖書館找資料。<br>co3-hue2-khi3-too5-su-kuan2-chue7-cu-liau7 |

### 單字補給站

| 中文 | 台灣話 | 台語羅馬拼音 |
|---|---|---|
| 圖書館 | 圖書館 | too5-su-kuan2 |
| 書 | 冊 | cheh4 |
| 雜誌 | 雜誌 | cap8-ci3 |
| 辭典 | 辭典 | su5-tian2 |

聊天室

| 中文 | 台灣話／台語羅馬拼音 |
|---|---|
| 你讀哪所學校？ | 你讀陀一間學校？<br>li2-thak8-to2-cit8-king-hak8-hau7 |
| 我念中華中學。 | 我讀中華中學。<br>gua2-thak8-tiong-hua5-tiong-hak8 |
| 你讀幾年級了？ | 你這嘛讀幾年啊？<br>li2-cit4-ma2-thak8-kui2-ni5-a0 |
| 我現在是一年級。 | 我這嘛讀一年。<br>gua2-cit4-ma2-thak8-it-ni5 |
| 明天有數學考試。 | 明仔載有數學考試。<br>bin5-a2-cai3-u7-soo3-hak8-kho2-<br>chi3 |
| 今晚要用功讀書。 | 今仔日暗時愛用功讀書。<br>kin-a2-jit8-am3-si5-ai3-iong7-kang-<br>thak8-cheh4 |
| 這題我不會算。 | 這題我未曉算。<br>cit4-te5-gua2-be7-hiau2-sng3 |
| 我來教你。 | 我來教你。<br>gua2-lai5-ka3-li2 |
| 考試考得怎麼樣？ | 考試考了按怎？<br>kho2-chi3-ko2-liau0-an2-cuann2 |
| 馬馬虎虎。 | 馬馬虎虎。<br>ma2-ma2-hu-hu |

| 中文 | 台灣話／台語羅馬拼音 |
|---|---|
| 快起床，上學要遲到了。 | 緊起床，去學校欲遲到啊。<br>kin2-khi2-chng5,khi3-hak8-hau7-beh4-ti5-to3-a0 |
| 我還很睏呢。 | 我擱真愛睏咧。<br>gua2-koh4-cin-ai3-khun3-leh |
| 怎麼沒看到王大明？ | 是按怎無看著王大明？<br>si7-an2-cuann2-bo5-khuann3-tioh8-ong5-tua7-bing5 |
| 他今天請假。 | 伊今仔日請假。<br>I-kin-a2-jit8-ching2-ka3 |
| 你有參加社團嗎？ | 你敢有參加社團？<br>li2-kam2-u7-cham-ka-sia7-thuan5 |
| 我參加音樂社。 | 我參加音樂社。<br>gua2-cham-ka-im-gak8-sia7 |

### 補充句

| 中文 | 台灣話／台語羅馬拼音 |
|---|---|
| 我的英文考 100 分。 | 我的英文考一百分。<br>gua2-e5-ing-bun5-kho2-cit8-pah4-hun |
| 考試快要到了要用功。 | 考試得欲到啊愛用功。<br>kho2-chi3-tit4-beh4-kau3-a0-ai3-iong7-kong |
| 筆記借我看一下。 | 筆記借我看覓咧。<br>pit4-ki3-cioh4-gua2-khuann3-mai7-leh0 |

| 中文 | 台灣話／台語羅馬拼音 |
|------|---------------------|
| 等一下要去補習。 | 小等愛去補習。<br>sio2-tan2-ai3-khi3-poo2-sip8 |
| 教我算這題。 | 教我算這題。<br>ka3-gua2-sng3-cit4-te5 |
| 功課作完了嗎？ | 功課敢作了啊？<br>kong-kho3-kam2-co-liau2-a0 |
| 我快要畢業。 | 我得欲畢業啊。<br>gua2-tit4-beh4-pit-giap8-a0 |
| 明年我就升高中了。 | 明年我著升高中啊。<br>me5-ni5-gua2-tioh8-sing-ko-tiong-a0 |

## 單字補給站

| 中文 | 台灣話 | 台語羅馬拼音 |
|------|--------|-------------|
| 幼稚園 | 幼稚園 | iu3-ti7-hng5 |
| 安親班 | 安親班 | an-chim-pan |
| 補習班 | 補習班 | poo2-sip8-pan |
| 才藝班 | 才藝班 | chai5-ge7-pan |
| 學校 | 學校 | hak8-hau7 |
| 小學 | 小學 | sio2-hak8 |
| 國中 | 國中 | kok4-tiong |
| 高中 | 高中 | ko-tiong |
| 大學 | 大學 | tai7-hak8 |
| 研究所 | 研究所 | gian2-kiu3-soo2 |
| 碩士 | 碩士 | sik8-su7 |
| 博士 | 博士 | phok4-su7 |
| 一年級 | 一年 | it-ni5 |
| 二年級 | 二年 | ji7-ni5 |

| 中文 | 台灣話 | 台語羅馬拼音 |
|------|--------|--------------|
| 三年級 | 三年 | sann-ni5 |
| 數學 | 數學 | soo3-hak8 |
| 國文 | 國文 | kok4-bun5 |
| 英文 | 英文 | ing-bun5 |
| 歷史 | 歷史 | lik8-su2 |
| 地理 | 地理 | te7-li2 |
| 考試 | 考試 | kho2-chi3 |
| 分數 | 分數 | hun-soo3 |
| 讀書 | 讀冊 | thak8-cheh4 |
| 遲到 | 遲到 | ti5-to3 |
| 請假 | 請假 | ching2-ka3 |
| 社團 | 社團 | sia7-thuan5 |
| 音樂社 | 音樂社 | im-gak8-sia7 |
| 月考 | 月考 | gueh8-kho2 |
| 用功 | 用功 | iong7-kong |
| 筆記 | 筆記 | pit4-ki3 |
| 補習 | 補習 | poo2-sip8 |
| 功課 | 功課 | kong-kho3 |
| 畢業 | 畢業 | pit4-giap8 |

## ❺ 上理容院　　　　　　　　　MP3-32

### 聊天室

| 中文 | 台灣話／台語羅馬拼音 |
|------|----------------------|
| 我要剪頭髮。 | 我欲剪頭毛（頭鬃）。<br>gua2-beh4-ka-thau5-mng5(thau5-cang) |

97

| 中文 | 台灣話／台語羅馬拼音 |
|---|---|
| 要剪多短？ | 欲剪外短？<br>beh4-ka-gua7-te2 |
| 幫我剪五公分左右。 | 幫我剪五公分左右。<br>pang-gua2-ka-goo7-kong-hun-cho2-iu7 |
| 要不要順便洗頭？ | 欲順刷洗頭無？<br>beh4-sun7-sua3-se2-thau5-bo0 |
| 有沒有指定的設計師？ | 敢有指定的設計師？<br>kam2-u7-ci2-tiann7-e5-siat4-ke3-su |
| 請一號設計師。 | 請一號設計師。<br>chiann2-it-ho7-siat4-ke3-su |
| 你要按摩嗎？ | 你欲抓龍無？<br>li2-beh4-liah8-ling5-bo0 |
| 好。 | 好。<br>ho2 |
| 頭髮要分哪一邊？ | 頭毛欲分陀一旁？<br>thau5-mng5-beh4-hun-to2-cit8-ping5 |
| 中分就好。 | 中分著好。<br>tiong-hun-tioh8-ho2 |

### 補充句

| 中文 | 台灣話／台語羅馬拼音 |
|---|---|
| 我要燙頭髮。 | 我欲電頭毛。<br>gua2-beh4-tian7-thau5-mng5 |

| 中文 | 台灣話／台語羅馬拼音 |
|---|---|
| 我要染髮。 | 我欲染頭毛。<br>gua2-beh4-ni2-thau5-mng5 |
| 我要洗頭。 | 我要洗頭。<br>gua2-beh4-se-thau5 |
| 水太燙了。 | 水傷燒啊。<br>cui2-siunn-sio-a0 |
| 幫我修瀏海。 | 幫我修剪瀏海。<br>pang-gua2-siu-chian2-liu5-hai2 |
| 我要做成像那樣的。 | 我欲做親像彼款的。<br>gua2-beh4-co5-chin-chiunn7-hit-khuann2-e0 |
| 很抱歉。今天的預約已經滿了。 | 真失禮。今仔日的預定已經滿啊。<br>cin-sit4-le2,kin-a2-jit8-u7-ting7-i2-kinn-buan2-a0 |

## 單字補給站

| 中文 | 台灣話 | 台語羅馬拼音 |
|---|---|---|
| 剪頭髮 | 剪頭毛 | ka-thau5-mng5 |
| 燙頭髮 | 電頭毛 | tian7-thau5-mng5 |
| 洗頭 | 洗頭 | se2-thau5 |
| 護髮 | 護髮 | hoo7-huat4 |
| 洗髮精 | 洗髮精 | se2-huat4-cing |
| 設計師 | 設計師 | siat4-ke3-su |
| 按摩 | 抓龍 | liah8-ling5 |
| 染髮 | 染頭毛 | ni2-thau5-mng5 |
| 瀏海 | 瀏海 | liu5-hai2 |

# ❻ 好不好？

## 聊天室

| 中文 | 台灣話／台語羅馬拼音 |
|---|---|
| 一起去逛街，好不好？ | 鬥陣去洗街，好無？<br>tau3-tin7-khi3-seh8-ke,ho2-bo0 |
| 好啊，去太平洋百貨好了。 | 好啊，去太平洋百貨好啊。<br>ho2-a0,khi3-thai3-ping5-iunn5-pah-hue3-ho2-a0 |
| 一起去吃飯，好不好？ | 鬥陣去吃飯，好無？<br>tau3-tin7-khi3-ciah8-png7,ho2-bo0 |
| 不用了，我有帶便當。 | 免啊，我有紮便當。<br>bian2-a0,gua2-u7-cah4-pian7-tong |
| 一起去看電影，好不好？ | 鬥陣去看電影，好無？<br>tau3-tin7-khi3-khuann3-tian7-iann2,ho2-bo0 |
| 聽說「珍珠港」很好看。 | 聽講「珍珠港」真好看。<br>thiann-kong2-cin-cu-kang2-cin-ho2-khuann3 |
| 一起去散步，好不好？ | 鬥陣去散步，好無？<br>tau3-tin7-khi3-sam3-poo7,ho2-bo0 |
| 我們去公園走走。 | 咱去公園行行。<br>lan2-khi3-kuan5-hng5-kiann5-kiann5 |

## 代換練習

| 中文 | 台灣話／台語羅馬拼音 |
|---|---|
| 一起去旅行，好不好？ | 鬥陣去旅行，好無？<br>tau3-tin7-khi3-lu2-hing5,ho2-bo0 |

| 中文 | 台灣話／台語羅馬拼音 |
|---|---|
| 一起去唱歌，好不好？ | 鬥陣去唱歌，好無？<br>tau3-tin7-khi3-chiunn3-kua,ho2-bo0 |
| 一起去買菜，好不好？ | 鬥陣去買菜，好無？<br>tau3-tin7-khi3-be2-chai3,ho2-bo0 |
| 一起去逛夜市，好不好？ | 鬥陣去逛夜市仔，好無？<br>tau3-tin7-khi3-seh8-ia7-chi7-a2,ho2-bo0 |
| 一起去游泳，好不好？ | 鬥陣去泅水，好無？<br>tau3-tin7-khi3-siu5-cui2,ho2-bo0 |
| 一起去拍照，好不好？ | 鬥陣去翕相，好無？<br>tau3-tin7-khi3-hip-siong3,ho2-bo0 |
| 一起去看風景，好不好？ | 鬥陣去看風景，好無？<br>tau3-tin7-khi3-khuann3-fng1-king2,ho2-bo0 |

## 單字補給站

| 中文 | 台灣話 | 台語羅馬拼音 |
|---|---|---|
| 逛街 | 洗街 | seh8-ke |
| 太平洋百貨公司 | 太平洋百貨公司 | thai3-ping5-iunn5-pah4-hue3-kong-si |
| 帶便當 | 紮便當 | cah4-pian7-tong |
| 散步 | 散步 | sam3-poo7 |
| 旅行 | 旅行 | lu2-hing5 |
| 唱歌 | 唱歌 | chiunn3-kua |
| 買菜 | 買菜 | be2-chai3 |
| 拍照 | 翕相 | hip4-siong3 |
| 看風景 | 看風景 | khuann3-fng1-king2 |

# ❼ 找地方

### 聊天室

| 中文 | 台灣話／台語羅馬拼音 |
|---|---|
| 這附近有廁所嗎？ | 遮附近敢有便所？<br>cia-hu7-kin7-kam2-u7-pian7-soo2 |
| 在裡面。 | 底內地。<br>ti7-lai7-te3 |
| 這附近有公共電話嗎？ | 遮附近敢有公共電話？<br>cia-hu7-kin7-kam2-u7-gong-kiong7-tian7-ue7 |
| 那家餐廳前面有。 | 彼間餐廳頭前有。<br>hit-king-chan-thiann-thau5-cing5-u7 |
| 這附近有銀行嗎？ | 遮附近敢有銀行？<br>cia-hu7-kin7-kam2-u7-gin5-hang5 |
| 前面有一家「第一好」銀行。 | 頭前有一間「第一好」銀行。<br>thau5-cing5-u7-cit8-king-te7-it4-ho2-gin5-hang5 |

### 代換練習

| 中文 | 台灣話／台語羅馬拼音 |
|---|---|
| 這附近有郵局嗎？ | 遮附近敢有郵局？<br>cia-hu7-kin7-kam2-u7-iu5-kiok8 |
| 這附近有警察局嗎？ | 遮附近敢有警察局？<br>cia-hu7-kin7-kam2-u7-king2-chat-kiok8 |
| 這附近有車站嗎？ | 遮附近敢有車站？<br>cia-hu7-kin7-kam2-u7-chia-cam7 |

| 中文 | 台灣話／台語羅馬拼音 |
|---|---|
| 這附近有藥局嗎？ | 遮附近敢有藥房？<br>cia-hu7-kin7-kam2-u7-ioh8-pang5 |
| 這附近有醫院嗎？ | 遮附近敢有病院？<br>cia-hu7-kin7-kam2-u7-penn7-inn7 |
| 這附近有美容院嗎？ | 遮附近敢有美容院？<br>cia-hu7-kin7-kam2-u7-bi2-iong5-inn7 |
| 這附近有電影院嗎？ | 遮附近敢有電影院？<br>cia-hu7-kin7-kam2-u7-tian7-iann2-inn7 |
| 這附近有百貨公司嗎？ | 遮附近敢有百貨公司？<br>cia-hu7-kin7-kam2-u7-pah4-hue3-kong-si |
| 這附近有餐廳嗎？ | 遮附近敢有餐廳？<br>cia-hu7-kin7-kam2-u7-chan-thiann |
| 這附近有賓館嗎？ | 遮附近敢有賓館？<br>cia-hu7-kin7-kam2-u7-pin-kuan2 |

## 單字補給站

| 中文 | 台灣話 | 台語羅馬拼音 |
|---|---|---|
| 廁所 | 便所 | pian7-soo2 |
| 公共電話 | 公共電話 | gong-kiong7-tian7-ue7 |
| 餐廳 | 餐廳 | chan-thiann |
| 銀行 | 銀行 | gin5-hang5 |
| 郵局 | 郵局 | iu5-kiok8 |
| 警察局 | 警察局 | king2-chat4-kiok8 |
| 車站 | 車站 | chia-cam7 |

| 中文 | 台灣話 | 台語羅馬拼音 |
|---|---|---|
| 藥局 | 藥房 | ioh8-pang5 |
| 醫院 | 病院 | penn7-inn7 |
| 美容院 | 美容院 | bi2-iong5-inn7 |
| 電影院 | 電影院 | tian7-iann2-inn7 |
| 百貨公司 | 百貨公司 | pah4-hue3-kong-si |
| 賓館 | 賓館 | pin-kuan2 |

## ❽ 我想去　　MP3-35

### 聊天室

| 中文 | 台灣話／台語羅馬拼音 |
|---|---|
| 我想去郵局。 | 我想欲去郵局。<br>gua2-siunn7-beh4-khi3-iu5-kiok8 |
| 可以順便幫我寄信嗎？ | 敢會使順刷幫我寄批？<br>kam2-e7-sai2-sun7-sua3-pang-<br>gua2-kia3-phue |
| 我想去銀行繳電話費。 | 我想欲去銀行繳電話錢。<br>gua2-siunn7-beh4-khi3-gin5-<br>hang5-kiau2-tian7-ue7-cinn5 |
| 我和你一起去，我剛好要存錢。 | 我及你鬥陣去，我都阿好欲寄金。<br>gua2-kah4-li2-tau3-tin7-khi3,gua2-<br>tu2-a2-ho2-beh4-kia3-kim |
| 我想去醫院看病。 | 我想欲去病院看病。<br>gua2-siunn7-beh4-khi3-penn7-<br>inn7-khuann3-penn7 |

| 中文 | 台灣話／台語羅馬拼音 |
|---|---|
| 你哪裡不舒服？ | 你陀位不爽快？<br>li2-to2-ui7-bo5-song2-khuai3 |

## 代換練習

| 中文 | 台灣話／台語羅馬拼音 |
|---|---|
| 我想去市場。 | 我想欲去市場。<br>gua2-siunn7-beh4-khi3-chi7-tiunn5 |
| 我想去雜貨店。 | 我想欲去柑仔店。<br>gua2-siunn7-beh4-khi3-kan1-ah5-tiam3 |
| 我想去電影院。 | 我想欲去電影院。<br>gua2-siunn7-beh4-khi3-tian7-iann2-inn7 |
| 我想去百貨公司。 | 我想欲去百貨公司。<br>gua2-siunn7-beh4-khi3-pah4-hue3-kong-si |
| 我想去美容院。 | 我想欲去美容院。<br>gua2-siunn7-beh4-khi3-bi2-iong5-inn7 |
| 我想去看病。 | 我想欲去看病。<br>gua2-siunn7-beh4-khi3-khuann3-penn3 |
| 我想去買菜。 | 我想欲去買菜。<br>gua2-siunn7-beh4-khi3-be2-chai3 |
| 我想去剪頭髮。 | 我想欲去剪頭毛。<br>gua2-siunn7-beh4-khi3-ka-thau5-mng5 |
| 我想去燙頭髮。 | 我想欲去電頭毛。<br>gua2-siunn7-beh4-khi3-tian7-thau5-mng5 |

| 中文 | 台灣話／台語羅馬拼音 |
|---|---|
| 我想去倒垃圾。 | 我想欲去倒糞埽。<br>gua2-siunn7-beh4-khi3-to3-pun3-so3 |

## 單字補給站

| 中文 | 台灣話 | 台語羅馬拼音 |
|---|---|---|
| 市場 | 市場 | chi7-tiunn5 |
| 菜市場 | 菜市仔 | chai3-chi7-a2 |
| 雜貨店 | 柑仔店 | kan1-ah5-tiam3 |
| 電影院 | 電影院 | tian7-iann2-inn7 |
| 百貨公司 | 百貨公司 | pah4-hue3-kong-si |
| 美容院 | 美容院 | bi2-iong5-inn7 |
| 看病 | 看病 | khuann3-penn3 |
| 買菜 | 買菜 | be2-chai3 |
| 倒垃圾 | 倒糞埽 | to3-pun3-so3 |

## ❾ 買食物

MP3-36

### 聊天室

| 中文 | 台灣話／台語羅馬拼音 |
|---|---|
| 你要買什麼？ | 你欲買啥米？<br>li2-beh4-be2-siann2-mih8 |
| 我要去買菜。 | 我欲去買菜。<br>gua2-beh4-khi3-be2-chai3 |
| 最近菜價好貴。 | 最近菜足貴。<br>cue3-kin7-chai3-ciok4-kui3 |
| 因為颱風的關係。 | 因為風颱的關係。<br>in-ui7-hong-thai-e5-kuan-he7 |

| 中文 | 台灣話／台語羅馬拼音 |
|---|---|
| 我想吃蛋炒飯。 | 我想欲食炒卵飯。<br>gua2-siunn7-beh4-ciah8-cha2-nng7-png7 |
| 家裡沒有蛋了，要去買。 | 厝內面無卵啊，愛去買。<br>chu3-lai7-bin7-bo5-nng7-a0,ai3-khi3-be2 |

## 代換練習

| 中文 | 台灣話／台語羅馬拼音 |
|---|---|
| 我要買牛奶。 | 我欲買牛奶。<br>gua2-beh4-be2-gu5-ling |
| 我要買果汁。 | 我欲買果汁。<br>gua2-beh4-be2-ko2-ciap4 |
| 我要買雞蛋。 | 我欲買雞卵。<br>gua2-beh4-be2-ke-nng7 |
| 我要買麵包。 | 我欲買胖。<br>gua2-beh4-be2-phang2 |
| 我要買蘋果。 | 我欲買椪果。<br>gua2-beh4-be2-phong7-ko2 |
| 我要買橘子。 | 我欲買柑仔。<br>gua2-beh4-be2-kam-a2 |
| 我要買豬肉。 | 我欲買豬肉。<br>gua2-beh4-be2-ti-bah4 |
| 我要買雞肉。 | 我欲買雞肉。<br>gua2-beh4-be2-ke-bah4 |
| 我要買魚。 | 我欲買魚。<br>gua2-beh4-be2-hi5 |

| 中文 | 台灣話 | 台語羅馬拼音 |
|---|---|---|
| 牛奶 | 牛奶 | gu5-ling |
| 果汁 | 果汁 | ko2-ciap4 |
| 雞蛋 | 雞卵 | ke-nng7 |
| 麵包（外來語） | 胖 | phang2 |
| 蘋果 | 桲果 | phong7-ko2 |
| 橘子 | 柑仔 | kam-a2 |
| 豬肉 | 豬肉 | ti-bah4 |
| 雞肉 | 雞肉 | ke-bah4 |
| 魚 | 魚 | hi5 |

# ⑩ 有沒有賣

MP3-37

## 聊天室

| 中文 | 台灣話／台語羅馬拼音 |
|---|---|
| 有沒有賣香煙？ | 敢有賣熏？<br>kam2-u7-be7-hun |
| 你要哪個牌子的？ | 你愛陀一個牌子的？<br>li2-ai3-to2-cit8-e5-pai5-cu2-e0 |
| 有沒有賣報紙？ | 敢有賣報紙？<br>kam2-u7-be7-po3-chua2 |
| 對不起，剛好賣完了。 | 失禮，都仔好賣完啊。<br>sit-le2,tu2-a2-ho2-be7-uan5-a0 |
| 有沒有賣咖啡？ | 敢有賣咖啡？<br>kam2-u7-be7-ka-pi |
| 你要熱的還是冰的？ | 你欲燒的抑是冰的？<br>li2-beh4-sio-e0-a2-si7-ping-e0 |

## 代換練習

| 中文 | 台灣話／台語羅馬拼音 |
|---|---|
| 有沒有賣火柴？ | 敢有賣番仔火？<br>kam2-u7-be7-huan-a2-hue2 |
| 有沒有賣底片？ | 敢有賣底片？<br>kam2-u7-be7-te2-phinn3 |
| 有沒有賣電池？ | 敢有賣電池？<br>kam2-u7-be7-tian7-ti5 |
| 有沒有賣香皂？ | 敢有賣雪文？<br>kam2-u7-be7-sap4-bun5 |
| 有沒有賣牙膏？ | 敢有賣齒膏？<br>kam2-u7-be7-khi2-ko |
| 有沒有賣地圖？ | 敢有賣地圖？<br>kam2-u7-be7-te7-too5 |
| 有沒有賣郵票？ | 敢有賣郵票？<br>kam2-u7-be7-iu5-phio3 |
| 有沒有賣信紙？ | 敢有賣批紙？<br>kam2-u7-be7-phue-cua2 |
| 有沒有賣手套？ | 敢有賣手囊？<br>kam2-u7-be7-chiu2-long5 |
| 有沒有賣口罩？ | 敢有賣嘴掩？<br>kam2-u7-be7-chui3-am |
| 有沒有賣刮鬍刀？ | 敢有賣刮嘴鬚刀？<br>kam2-u7-be7-khau-chui3-chiu-to |
| 有沒有賣指甲剪？ | 敢有賣剪經甲的？<br>kam2-u7-be7-ka-cing2-kah4-e5 |

| 中文 | 台灣話／台語羅馬拼音 |
|---|---|
| 有沒有賣啤酒？ | 敢有賣麥仔酒？<br>kam2-u7-be7-beh8-a2-ciu2 |
| 有沒有賣汽水？ | 敢有賣汽水？<br>kam2-u7-be7-khi3-cui2 |
| 有沒有賣果汁？ | 敢有賣果汁？<br>kam2-u7-be7-ko2-ciap4 |
| 有沒有賣麵包？ | 敢有賣胖？<br>kam2-u7-be7-phang2 |

## 單字補給站

| 中文 | 台灣話 | 台語羅馬拼音 |
|---|---|---|
| 香煙 | 熏 | hun |
| 牌子 | 牌子 | pai5-cu2 |
| 報紙 | 報紙 | po3-chua2 |
| 火柴 | 番仔火 | huan-a2-hue2 |
| 底片 | 底片 | te2-phinn3 |
| 電池 | 電池 | tian7-ti5 |
| 香皂 | 雪文 | sap4-bun5 |
| 牙膏 | 齒膏 | khi2-ko |
| 地圖 | 地圖 | te7-too5 |
| 郵票 | 郵票 | iu5-phio3 |
| 信紙 | 批紙 | phue-cua2 |
| 手套 | 手囊 | chiu2-long5 |
| 口罩 | 嘴掩 | chui3-am |
| 刮鬍刀 | 刮嘴鬚刀 | khau-chui3-chiu-to |
| 指甲剪 | 剪經甲的 | ka-chng2-kah4-e5 |

# ⑪ 多少錢

## 聊天室

| 中文 | 台灣話／台語羅馬拼音 |
|------|---------------------|
| 門票一張多少錢？ | 門票一張外濟錢？<br>mng5-phio3-cit8-tiunn-gua7-ce7-cinn5 |
| 大人 200 元，小孩 100 元。 | 大人兩百塊，小孩一百塊。<br>tua7-lang5-nng7-pah4-khoo,sio2-hai5-cit8-pah4-khoo |
| 一共多少錢？ | 攏總外濟錢？<br>long2-cong2-gua7-ce7-cinn5 |
| 全部是三千五百元。 | 攏總是三千五百塊。<br>long2-cong2-si7-sann-chian-goo7-pah4-khoo |
| 這件外套好貴。 | 這領外套足貴。<br>cit4-nia2-gua7-tho3-ciok4-kui3 |
| 這是國外進口的。 | 這是外國進口的。<br>ce2-si7-gue7-kok4-cin3-khau2-e0 |

## 補充句

| 中文 | 台灣話／台語羅馬拼音 |
|------|---------------------|
| 這個多少錢？ | 這個外濟錢？<br>cit4-e5-gua7-ce7-cinn5 |
| 這個怎麼賣？ | 這個按怎賣？<br>cit4-e5-an2-cuann2-pe7 |
| 這個價格是多少？ | 這個價數是外濟？<br>cit4-e5-ke3-siau3-gua7-ce7 |

| 中文 | 台灣話／台語羅馬拼音 |
|---|---|
| 一斤多少錢？ | 一斤外濟錢？<br>cit8-kin-gua7-ce7-cinn5 |
| 一個多少錢？ | 一個外濟錢？<br>cit8-e5-gua7-ce7-cinn5 |
| 一個人要多少錢？ | 一個人愛外濟錢？<br>cit8-e5-lang5-ai3-gua7-ce7-cinn5 |
| 這個東西很貴。 | 這個物件真貴。<br>cit4-e5-mih8-kiann7-cin-kui3 |
| 這個東西很便宜。 | 這個物件真俗。<br>cit4-e5-mih8-kiann7-cin-siok8 |
| 我先看看再說。 | 我先看覓咧才擱講。<br>gua2-sing-khuann3-mai7-leh0-ciah-koh4-kong2 |

## 單字補給站

| 中文 | 台灣話 | 台語羅馬拼音 |
|---|---|---|
| 門票 | 門票 | mng5-phio3 |
| 大人 | 大人 | tua7-lang5 |
| 小孩 | 囡仔 | gin2-a2 |
| 200 元 | 兩百塊 | nng7-pah4-khoo |
| 三千五百元 | 三千五百塊 | sann-chian-goo7-pah4-khoo |
| 國外 | 國外 | kok4-gua7 |
| 國內 | 國內 | kok4-lai7 |
| 進口 | 進口 | cin3-khau2 |
| 價格 | 價數 | ke3-siau3 |
| 一斤 | 一斤 | cit8 kin |
| 一個人 | 一個人 | cit8-e5-lang5 |

| 中文 | 台灣話 | 台語羅馬拼音 |
|------|--------|--------------|
| 很貴 | 真貴 | cin-kui3 |
| 很便宜 | 真俗 | cin-siok8 |

## ⑫ 喝飲料

### 聊天室

| 中文 | 台灣話／台語羅馬拼音 |
|------|----------------------|
| 你想喝什麼？ | 你想欲琳啥米？<br>li2-siunn7-beh4-lim-siann2-mih8 |
| 我想喝可樂。 | 我想欲琳可樂。<br>gua2-siunn7-beh4-lim-kho2-la3 |
| 要點什麼飲料？ | 欲點啥米飲料？<br>beh4-tiam2-siann2-mih8-im2-liau7 |
| 我想喝咖啡。 | 我想欲琳咖啡。<br>gua2-siunn7-beh4-lim-ka-pi |
| 我幫你泡茶。 | 我幫你泡茶。<br>gua2-pang-li2-phau3-te5 |
| 烏龍茶或香片都可以。 | 烏龍茶抑是香片攏會使。<br>oo-liong5-te5-a2-si7-hiong-phinn3-long2-e7-sai2 |

### 代換練習

| 中文 | 台灣話／台語羅馬拼音 |
|------|----------------------|
| 我想喝紅茶。 | 我想欲琳紅茶。<br>gua2-siunn7-beh4-lim-ang5-te5 |

| 中文 | 台灣話／台語羅馬拼音 |
|---|---|
| 我想喝柳橙汁。 | 我想欲琳柳丁汁。<br>gua2-siunn7-beh4-lim-liu2-ting-ciap4 |
| 給我熱紅茶。 | 予我燒紅茶。<br>hoo7-gua2-sio-ang5-te5 |
| 給我冰咖啡。 | 予我冰咖啡。<br>hoo7-gua2-ping-ka-pi |
| 給我烏龍茶。 | 予我烏龍茶。<br>hoo7-gua2-oo-liong5-te5 |
| 給我礦泉水。 | 予我礦泉水。<br>hoo7-gua2-khong3-cuann5-cui2 |
| 給我一瓶紹興酒。 | 予我一罐紹興酒。<br>hoo7-gua2-cit8-kuan3-siau7-hing-ciu2 |

## 單字補給站

| 中文 | 台灣話 | 台語羅馬拼音 |
|---|---|---|
| 香片 | 香片 | hiong-phinn3 |
| 熱紅茶 | 燒紅茶 | sio-ang5-te5 |
| 冰咖啡 | 冰咖啡 | ping-ka-pi |
| 包種茶 | 包種茶 | pau-chiong2-te5 |
| 鐵觀音 | 鐵觀音 | thih4-kuan-im |
| 楊桃汁 | 楊桃汁 | iunn5-to5-ciap4 |
| 紹興酒 | 紹興酒 | siau7-hing-ciu2 |
| 玫瑰紅 | 玫瑰紅 | mui5-kui-ang5 |
| 竹葉青 | 竹葉青 | tik4-iap8-chenn |
| 高粱酒 | 高粱酒 | kuann5-liong5-ciu2 |

**Part 2**

# 單字篇

## 第一章

# 基本用語

　　打開溝通的第一步，就是打招呼。嘴甜才能吃四方，怎麼叫人、問候，打好自己的人際關係，以下這些常用字彙，你一定要記住。

## ❶ 問候的話

| 中文 | 台灣話 | 台語羅馬拼音 |
|---|---|---|
| 早安 | 高早 | gau5-ca2 |
| 午安 | 午安 | goo2-an |
| 晚安 | 晚安 | buan2-an |
| 再見 | 再見 | cai3-kian3 |
| 請 | 請 | chiann2 |
| 謝謝 | 多謝 | to-sia7 |
| 對不起 | 對不起 | tui3-put4-khi2 |
| 不好意思 | 歹勢 | phainn2-se3 |
| 借過 | 借過 | cioh4-kue3 |
| 沒關係 | 無要緊 | bo5-iau3-kin2 |
| 不客氣 | 免客氣 | bian2-kheh4-khi3 |
| 麻煩你了 | 麻煩你啊 | ma5-huan5-li2-a0 |
| 你好 | 你好 | li2-ho2 |
| 大家好 | 達家好 | tak8-ke-ho2 |
| 還好 | 未壞 | be7-bai2 |
| 哪裡 | 哪裡 | na2-li2 |

| 中文 | 台灣話 | 台語羅馬拼音 |
| --- | --- | --- |
| 拜託你了 | 拜託你啊 | pai3-thok4-li2-a0 |
| 要緊嗎？ | 敢有要緊？ | kam2-u7-iau3-kin2 |
| 不要緊 | 無要緊 | bo5-iau3-kin2 |
| 歡迎光臨 | 歡迎光臨 | huan-ging5-kong-lim5 |
| 請問 | 請問 | chiann2-mng7 |
| 請慢用 | 請慢用 | chiann2-ban7-ing7 |
| 請慢走 | 請順行 | chiann2-sun7-kiann5 |
| 請稍候 | 請小等一下 | chiann2-sio2-tan2-cit8-e7 |
| 請幫幫忙 | 請鬥跤手 | chiann2-tau3-kha-chiu2 |
| 打擾一下 | 攪擾一下 | kiau2-jiau2-cit8-e7 |
| 有事嗎？ | 有代誌無？ | u7-tai7-ci3-bo0 |
| 沒問題 | 無問題 | bo5-bun7-te5 |
| 乾杯 | 乾杯 | kan-pue |

## 30 秒記住這個說法！

### 打招呼

| | | |
|---|---|---|
| ❶ 早安 | 高早 | gau5-ca2 |
| ❷ 午安 | 午安 | goo2-an |
| ❸ 晚安 | 晚安 | buan2-an |
| ❹ 再見 | 再見 | cai3-kian3 |

## ❷ 家族 MP3-41

| 中文 | 台灣話 | 台語羅馬拼音 |
|---|---|---|
| 爺爺 | 阿公 | a-kong |
| 奶奶 | 阿媽 | a-ma2 |
| 外公 | 外公 | gua7-kong |
| 外婆 | 外媽 | gua7-ma2 |
| 爸爸 | 阿爸（老爸） | a-peh4(lau7-pe7) |
| 媽媽 | 阿母（老母） | a-bu2(lau7-bu2) |
| 丈夫 | 翁 | ang |
| 妻子 | 某（家後） | boo2(ke-au7) |
| 伯父 | 阿伯 | a-peh4 |
| 伯母 | 阿姆 | a-m2 |
| 叔叔 | 阿叔 | a-cik4 |
| 嬸嬸 | 阿嬸 | a-cim2 |
| 姑姑 | 阿姑 | a-koo |
| 姑丈（姑爹） | 姑丈 | koo-tiunn7 |
| 阿姨 | 阿姨 | a-i5 |
| 姨丈 | 姨丈 | i5-tiunn7 |
| 舅舅 | 阿舅 | a-ku7 |

| 中文 | 台灣話 | 台語羅馬拼音 |
|------|--------|-------------|
| 舅媽 | 阿妗 | a-kim7 |
| 公公 | 大倌 | ta-kuann |
| 婆婆 | 大家 | ta-ke |
| 媳婦 | 新婦 | sin-pu7 |
| 女婿 | 囝婿 | kiann2-sai3 |
| 小叔 | 小叔 | sio2-cik4 |
| 小姑 | 小姑 | sio2-koo |
| 哥哥 | 阿兄 | a-hiann |
| 姐姐 | 阿姊 | a-ci2 |
| 弟弟 | 小弟 | sio2-ti7 |
| 妹妹 | 小妹 | sio2-mue7 |
| 堂哥 | 堂兄 | tong5-hiann |
| 堂姐 | 堂姊 | tong5-ci2 |
| 表弟 | 表小弟 | piau2-sio2-ti7 |
| 表妹 | 表小妹 | piau2-sio2-mue7 |
| 兒子 | 囝（後生） | kiann2(hau7-senn) |
| 女兒 | 查某囝 | ca-boo2-kiann2 |
| 孫子 | 孫仔 | sun-a2 |
| 孫女 | 查某孫 | ca-boo2-sun |
| 外孫 | 外孫 | gua7-sun |
| 外孫女 | 外孫女 | gua7-sun-iu2 |
| 侄子 | 侄仔 | tit8-a2 |
| 侄女 | 侄女 | tit8-lu2 |
| 外甥 | 外甥 | gua7-sing |

| 中文 | 台灣話 | 台語羅馬拼音 |
|------|--------|--------------|
| 外甥女 | 外甥女 | gua7-sing-lu2 |
| 嫂子 | 嫂仔 | so2-a0 |
| 乾爸 | 契爸 | khe3-pe7 |
| 乾媽 | 契母 | khe3-bo2 |
| 乾兒子 | 契囝 | khe3-kiann2 |

## 30 秒記住這個說法！

### 我的家族

| ❶ 爺爺 | 阿公 | a-kong |
|--------|------|--------|
| ❷ 奶奶 | 阿媽 | a-ma2 |
| ❸ 爸爸 | 阿爸（老爸） | a-peh4(lau7-pe7) |
| ❹ 媽媽 | 阿母（老母） | a-bu2(lau7-bu2) |
| ❺ 哥哥 | 阿兄 | a-hiann |
| ❻ 姐姐 | 阿姊 | a-ci2 |
| ❼ 弟弟 | 小弟 | sio2-ti7 |

| | | |
|---|---|---|
| ❽ 妹妹 | 小妹 | sio2-mue7 |
| ❾ 兒子 | 囝（後生） | kiann2(hau7-senn) |
| ❿ 女兒 | 查某囝 | ca-boo2-kiann2 |
| ⓫ 孫子 | 孫仔 | sun-a2 |

## ❸ 人際關係　　　　　　　　　　　　　MP3-42

| 中文 | 台灣話 | 台語羅馬拼音 |
|---|---|---|
| 你 | 你 | li2 |
| 我 | 我 | gua2 |
| 他 | 伊 | i |
| 誰 | 啥人 | siann2-lang5（連讀成：siang5） |
| 你們 | 恁 | lin2 |
| 我們 | 阮 | gun2 |
| 他們 | 因 | in |
| 你的 | 你耶 | li2-e5 |
| 我的 | 我耶 | gua2-e5 |
| 他的 | 伊耶 | I-e5 |
| 誰的 | 啥人耶 | siang5-e5 |
| 先生 | 先生 | sian-sinn |
| 小姐 | 小姐 | sio2-cia2 |
| 朋友 | 朋友 | ping5-iu2 |
| 同學 | 同學（同窗） | tong5-ho8(tong5-chong) |
| 同事 | 同事 | tong5-su7 |

| 中文 | 台灣話 | 台語羅馬拼音 |
|---|---|---|
| 親戚 | 親情 | chin-ciann5 |
| 鄰居 | 厝邊 | chu3-pinn |
| 老闆 | 頭家 | thau5-ke |
| 員工 | 員工 | uan5-kong |
| 客戶 | 客戶 | kheh4-hoo7 |
| 男朋友 | 男朋友 | lam5-ping5-iu2 |
| 女朋友 | 女朋友 | lu2-ping5-iu2 |
| 老人 | 老人 | lau7-lang5 |
| 年輕人 | 少年人 | siau3-lian5-lang5 |
| 孩子 | 囡仔 | gin2-a2 |
| 嬰兒 | 嬰仔（幼囡仔） | enn-a2(iu3-gin2-a2) |
| 男人 | 查埔人 | ca-poo-lang5 |
| 女人 | 查某人 | ca-boo2-lang5 |
| 房東 | 厝頭家 | chu3-thau5-ke |
| 房客 | 厝腳 | chu3-kha |
| 同鄉 | 同鄉 | kang7-hiong |
| 外地人 | 外地人 | gua-te-lang5 |
| 本國人 | 本國人 | pun2-kok4-lang5 |
| 外國人 | 外國人 | gua7-kok4-lang5 |
| 鰥夫 | 鰥夫 | kuan-hu |
| 寡婦 | 寡婦 | kuann2-hu7 |

## 30 秒記住這個說法！

### 人際網絡

| ❶ | ❷ | ❸ |
|---|---|---|
| ❹ | ❺ | ❻ |

| ❶ 老人 | 老人 | lau7-lang5 |
|---|---|---|
| ❷ 年輕人 | 少年人 | siau3-lian5-lang5 |
| ❸ 孩子 | 囡仔 | gin2-a2 |
| ❹ 嬰兒 | 嬰仔（幼囡仔） | enn-a2(iu3-gin2-a2) |
| ❺ 男人 | 查埔人 | ca-poo-lang5 |
| ❻ 女人 | 查某人 | ca-boo2-lang5 |

## ❹ 節日

MP3-43

| 中文 | 台灣話 | 台語羅馬拼音 |
|---|---|---|
| 春節 | 春節 | chun-ciat4 |
| 元宵節 | 元宵節 | guan5-siau-ciat4 |
| 婦女節 | 婦女節 | hu7-lu2-ciat4 |

| 中文 | 台灣話 | 台語羅馬拼音 |
|---|---|---|
| 清明節 | 清明節 | ching-bing5-ciat4 |
| 母親節 | 母親節 | bu2-chin-ciat4 |
| 端午節 | 五月（日）節 | goo7-gueh8(jit8)-ciat4 |
| 中元節 | 中元節 | tiong-guan5-ciat4 |
| 中秋節 | 中秋節 | tiong-chiu-ciat4 |
| 重陽節 | 重陽節 | tiong5-iong5-ciat4 |
| 國慶日 | 國慶日 | kok4-khing3-jit8 |
| 冬至 | 冬節 | tang-ciat4 |
| 聖誕節 | 聖誕節 | sing3-tan3-ciat4 |

## ❺ 喜慶祭典

MP3-44

| 中文 | 台灣話 | 台語羅馬拼音 |
|---|---|---|
| 圍爐 | 圍爐 | ui5-loo5 |
| 元宵燈謎 | 元宵燈猜 | guan5-siau-ting-chai |
| 平溪放天燈 | 平溪放天燈 | ping5-khe-pang3-thian-ting |
| 鹽水蜂炮 | 鹽水蜂仔炮 | iam5-cui2-phang-a2-phau3 |
| 媽祖文化節 | 媽祖文化節 | ma2-coo2-bun5-hua2-ciat4 |
| 三義木雕節 | 三義木雕節 | sam-gi7-bok8-tiau-ciat4 |
| 端午賽龍舟 | 端午賽龍船 | tuan-ngoo-sai3-liong5-cun5 |
| 阿美族豐年祭 | 阿美族豐年祭 | a-mi2-cok8-hong-ni5-ce3 |
| 白河蓮花節 | 白河蓮花節 | peh8-ho5-lian5-hue-ciat4 |
| 玉井芒果節 | 玉井檨仔節 | giok8-cenn2-suainn7-a2-ciat4 |
| 城隍繞境 | 城隍繞境 | sing5-hong5-jiau3-king2 |
| 宜蘭國際童玩節 | 宜蘭國際童玩節 | gi5-lan5-kok4-ce3-tong5-uan2-ciat4 |
| 中元普渡 | 中元普渡 | tiong-guan5-phoo2-too7 |

| 中文 | 台灣話 | 台語羅馬拼音 |
|---|---|---|
| 放水燈 | 放水燈 | pang3-cui2-ting |
| 頭城搶孤 | 頭城搶孤 | thau5-siann5-chiunn2-koo |
| 祭孔大典 | 祭孔大典 | ce3-khong2-tua7-tian2 |
| 甲仙芋筍節 | 甲仙芋筍節 | kah4-sian-oo7-sun2-ciat4 |
| 東港燒王船 | 東港燒王船 | tang-khang2-sio-ong5-cun5 |
| 賽夏族矮靈祭 | 賽夏族矮靈祭 | sai3-ha7-cok8-e2-ling5-ce3 |
| 過年 | 過年 | kue3-ni5 |
| 貼春聯 | 貼春聯 | tah4-chun-lian5 |
| 拜祖先 | 拜祖先（拜公媽） | pai3-coo2-sian(pai3-kong-ma2) |
| 拜天公 | 拜天公 | pai3-thinn-kong |
| 拜土地公 | 拜土地公 | pai3-thoo2-te7-kong |
| 慶生（過生日） | 過生日 | kue3-senn-jit8 |
| 掃墓 | 培墓 | pue7-bong7 |
| 做醮 | 做醮 | co3-cio3 |
| 大拜拜 | 大拜拜 | tua7-pai3-pai3 |
| 舞獅 | 弄獅 | lang7-sai |
| 燒香 | 燒香 | sio-hiunn |
| 燒金紙 | 燒金紙 | sio-kim-cua |
| 紅包 | 紅包 | ang5-pau |
| 結婚 | 結婚 | kiat4-hun |
| 媒人 | 媒人 | mue5-lang5 |
| 訂婚 | 訂婚 | ting7-hun |
| 出嫁 | 出嫁 | chut4-ke3 |
| 聘禮 | 聘禮 | phing3-le2 |

| 中文 | 台灣話 | 台語羅馬拼音 |
|------|--------|--------------|
| 聘金 | 聘金 | phing3-kim |
| 喝喜酒 | 琳喜酒 | lim-hi2-ciu2 |
| 請客 | 請人客 | chiann2-lang5-kheh4 |
| 嫁妝 | 嫁粧 | ke3-chg |
| 新郎 | 新郎 | sin-long5 |
| 新娘 | 新娘 | sin-niu5 |
| 回娘家 | 轉去外家<br>（轉去後頭厝） | tng2-khi3-gua7-ke<br>(tng2-khi3-au7-thau5-chu3) |

## 30 秒記住這個說法！

### 歡喜熱鬧的喜慶祭典

| | | | |
|--|--|--|--|
| ❶ 過年 | 過年 | kue3-ni5 |
| ❷ 慶生（過生日） | 過生日 | kue3-senn-jit8 |
| ❸ 大拜拜 | 大拜拜 | tua7-pai3-pai3 |
| ❹ 結婚 | 結婚 | kiat4-hun |

# 第二章

# 吃在台灣

豐富多樣的在地料理和地方小吃，透過精華重點介紹，可口的風味美食一樣令人垂涎三尺，把握機會一定要各地吃透透，品嚐正港的台灣味。

## ❶ 中式料理　　　　　　　　　　　　　MP3-45

| 中文 | 台灣話 | 台語羅馬拼音 |
|------|--------|--------------|
| 飯 | 飯 | png7 |
| 早飯 | 早頓 | ca2-tng7 |
| 中飯 | 中到頓 | tiong-tau3-tng3 |
| 晚飯 | 暗頓 | am3-tng3 |
| 麵 | 麵 | mi7 |
| 炒麵 | 炒麵 | cha2-mi7 |
| 湯麵 | 湯麵 | thng-mi7 |
| 乾拌麵 | 乾拌麵 | ta-puann7-mi7 |
| 小菜 | 小菜 | sio2-chai3 |
| 套餐 | 套餐 | tho3-chan |
| 冷盤 | 冷盤 | ling2-puann5 |
| 葷菜 | 葷菜（食臊） | hun-chai3(ciah8-cho) |
| 素菜 | 素菜 | soo3-chai3 |
| 火鍋 | 火鍋 | hue2-ko |
| 麻辣火鍋 | 麻辣火鍋 | mua5-luah8-hue2-ko |

| 中文 | 台灣話 | 台語羅馬拼音 |
|---|---|---|
| 酸菜白肉鍋 | 鹹菜白肉鍋 | kiam5-chai3-peh8-bah4-ko |
| 便當（日本語） | 便當 | pian7-tong |
| 點菜 | 點菜 | tiam2-chai3 |
| 菜單 | 菜單 | chai3-tuann |
| 結帳 | 結數 | kiat4-siau3 |
| 四川菜 | 四川菜 | su3-chuan-chai3 |
| 廣東菜 | 廣東菜 | kong2-tong-chai3 |
| 江浙菜 | 浙江菜 | ciat4-kang-chai3 |
| 北京菜 | 北京菜 | pak4-kiann-chai3 |

## ❷ 風味小吃

### 1 海產類

| 中文 | 台灣話 | 台語羅馬拼音 |
|---|---|---|
| 蚵仔麵線 | 蚵仔麵線 | o5-a2-mi7-suann3 |
| 蚵仔煎 | 蚵仔煎 | o5-a2-cian |
| 魷魚羹 | 柔魚羹 | jiu5-hi5-kinn |
| 海產粥 | 海產糜 | hai2-san2-muai5 |
| 生炒花枝 | 生炒花枝 | chenn-cha2-hue-ki |
| 生炒螺肉 | 生炒螺肉 | chenn-cha2-le5-bah4 |
| 生炒五味 | 生炒五味 | chenn-cha2-goo7-bi7 |
| 炒蛤仔 | 炒蜊仔 | cha2-la5-a2 |

| 中文 | 台灣話 | 台語羅馬拼音 |
| --- | --- | --- |
| 烤小卷 | 烘小捲仔 | hang-sio2-kng2-a2 |
| 蝦捲 | 蝦捲 | he5-kng2 |
| 炒蟹角 | 炒蟳仔腳 | cha2-cim5-a2-kha |
| 土魠魚羹 | 塗魠魚羹 | thoo5-thoh4-hi5-kinn |
| 旗魚羹 | 旗魚羹 | ki5-hi5-kinn |
| 旗魚丸湯 | 旗魚丸湯 | ki5-hi5-uan5-thng |
| 蝦仁肉羹 | 蝦仁肉羹 | he5-jin5-bah4-kinn |
| 蝦仁肉圓 | 蝦仁肉丸 | he5-jin5-bah4-uan5 |
| 魚皮湯 | 魚皮湯 | hi5-phue5-thng |
| 虱目魚粥 | 虱目魚糜 | sat4-bak8-hi5-muai5 |
| 干貝粥 | 干貝糜 | kan-pue3-muai5 |
| 鮑魚粥 | 鮑魚糜 | pau-hi5-muai5 |
| 吻仔魚粥 | 吻仔魚糜 | but4-a2-hi5-muai5 |
| 魚丸米粉 | 魚丸米粉 | hi5-uan5-bi2-hun2 |
| 魚酥 | 魚酥 | hi5-soo |
| 魚酥羹 | 魚酥羹 | hi5-soo-kinn |
| 燒酒蝦 | 燒酒蝦 | sio-cui2-he5 |
| 烤活蝦 | 烘活蝦 | hang-uah8-he5 |
| 鹽蒸蝦 | 鹽炊蝦 | iam5-chue-he5 |
| 燒酒螺 | 燒酒螺 | sio-cui2-le5 |
| 燙魷魚 | 燙柔魚 | thng2-jiu5-hi5 |
| 烤烏魚子 | 烘烏魚子 | hang-oo-hi5-ci2 |

| 中文 | 台灣話 | 台語羅馬拼音 |
| --- | --- | --- |
| 烤魷魚 | 烘柔魚 | hang-jiu5-hi5 |
| 鯊魚煙 | 鯊魚煙 | sua-hi5-ian |
| 龍蝦沙拉 | 龍蝦沙拉 | liong5-he5-sa-la |
| 紅蟳米糕 | 紅蟳米糕 | ang5-cim5-bi2-ko |
| 砂鍋魚頭 | 砂鍋魚頭 | sua-ko-hi5-tha5 |
| （豐原）蚵仔鏈 | 蚵仔鏈 | o5-a2-lian7 |
| 紅燒鱉肉 | 紅燒鱉肉 | ang5-sio-pih4-bah4 |
| 蝦猴 | 蝦猴 | he5-kau5 |
| 蚵爹 | 蚵爹 | o5-te‧ |
| 炸溪蝦 | 既溪蝦 | cinn3-khe-he5 |
| 龍鳳腿 | 龍鳳腿 | ling5-hong7-thui2 |

### 2 飯麵類

MP3-47

| 中文 | 台灣話 | 台語羅馬拼音 |
| --- | --- | --- |
| 肉粽 | 肉粽 | bah4-cang3 |
| 菜粽 | 菜粽 | chai3-cang3 |
| 蛋黃豆沙粽 | 卵仁豆沙粽 | nng7-jin5-tau7-se-cang3 |
| 筒仔米糕 | 筒仔米糕 | tang5-a2-bi2-ko |
| 油飯 | 油飯 | iu5-png7 |
| 鹹粥 | 鹹粥 | kiam-muai5 |
| 皮蛋瘦肉粥 | 皮蛋赤肉粥 | phi5-tan3-chiah4-bah4-muai5 |
| 廣東粥 | 廣東粥 | kong2-tong-muai5 |
| 麵線糊 | 麵線糊 | mi7-suann3-koo5 |

| 中文 | 台灣話 | 台語羅馬拼音 |
|------|--------|------------|
| 米粉湯 | 米粉湯 | bi2-hun2-thng |
| 米苔目 | 米苔目 | bi2-thai-bak8 |
| 切仔麵 | 切仔麵 | chik8-a2-mi7 |
| 擔仔麵 | 擔仔麵 | tann-a2-mi7 |
| 羊肉炒麵 | 羊肉炒麵 | iunn5-bah4-cha2-mi7 |
| 鵝肉麵 | 鵝肉麵 | go5-bah4-mi7 |
| 鱔魚意麵 | 鱔魚意麵 | sian7-hi5-i3-mi7 |
| 炒米粉 | 炒米粉 | cha2-mi2-hun2 |
| 金瓜米粉 | 金瓜米粉 | kim-kue-mi2-hun2 |
| 炒麵 | 炒麵 | cha2-mi7 |
| 涼麵 | 涼麵 | liang5-mi7 |
| 冬粉炒 | 冬粉炒 | tang-hun2-cha2 |
| 大腸麵線 | 大腸麵線 | tua7-tng5-mi7-suann3 |
| 麻油雞麵線 | 麻油雞麵線 | mua5-iu5-ke-mi7-suann3 |
| 豬腳麵線 | 豬腳麵線 | ti-kha-mi7-suann3 |
| 當歸鴨麵線 | 當歸鴨麵線 | tong-kui-ah4-mi7-suann3 |
| 竹筒飯 | 竹筒飯 | tik4-tang5-png7 |

### 3 羹湯類

MP3-48

| 中文 | 台灣話 | 台語羅馬拼音 |
|------|--------|------------|
| 肉羹 | 肉羹 | pah4-kinn |
| 花枝羹 | 花枝羹 | hue-ki-kinn |
| 蝦仁羹 | 蝦仁羹 | he5-jin5-kinn |

| 中文 | 台灣話 | 台語羅馬拼音 |
|------|--------|-------------|
| 豆簽羹 | 豆簽羹 | tau7-chiam-kinn |
| 紅燒鰻羹 | 紅燒鰻羹 | ang5-sio-mua5-kinn |
| 排骨酥湯 | 排骨酥湯 | pai5-kut4-soo-thng |
| 生炒鴨肉羹 | 生炒鴨肉羹 | chenn-cha2-ah4-bah4-kinn |
| 香菇赤肉羹 | 香菇赤肉羹 | hiunn-koo-chiah4-bah4-kinn |
| 香菇魚翅羹 | 香菇魚翅羹 | hiunn-koo-hi5-chi3-kinn |
| 螃蟹羹 | 蟳仔羹 | cim5-a2-kinn |
| 蝦丸湯 | 蝦丸湯 | he5-uan5-thng |
| 燕丸湯 | 燕丸湯 | ian3-uan5-thng |
| 鹹湯圓 | 鹹圓仔湯 | kiam5-inn5-a2 |
| 佛跳牆 | 佛跳牆 | hut8-thiau3-chionn5 |
| 當歸排骨 | 當歸排骨 | tong-kui-pai5-kut4 |
| 羊肉爐 | 羊肉爐 | iunn5-bah4-loo5 |
| 薑母鴨 | 薑母鴨 | kiunn-bo2-ah4 |
| 鼎邊銼 | 鼎邊銼 | tiann2-pinn-so5 |
| 蛇湯 | 蛇湯 | cua5-thng |
| 藥燉排骨 | 藥燉排骨 | ioh8-tun7-pai5-kut4 |
| 藥燉羊肉 | 藥燉羊肉 | ioh8-tun7-iunn5-bah4 |
| 藥燉土虱 | 藥燉土虱 | ioh8-tun7-thoo2-sat4 |
| 沙茶羊肉 | 沙嗲羊肉 | sa-te-iunn5-bah4 |
| 麻油腰花 | 麻油腰花 | mua5-iu5-io-hue |
| 黑輪 | 烏輾 | oo-lian2 |
| 肉骨茶 | 肉骨茶 | bah4-kut4-te5 |

## 4 其他

### ＊米（麵）食類

MP3-49

| 中文 | 台灣話 | 台語羅馬拼音 |
|---|---|---|
| 油粿 | 油粿 | iu5-kue2 |
| 芋粿 | 芋粿 | oo7-kue2 |
| 草仔粿 | 草仔粿 | chau2-a2-kue2 |
| 紅龜粿 | 紅龜粿 | ang5-ku-kue2 |
| 油蔥粿 | 油蔥粿 | iu5-chang-kue2 |
| 碗粿 | 碗粿 | uann2-kue2 |
| 芋丸 | 芋丸 | oo7-uan5 |
| 豬血糕 | 豬血糕 | ti-hueh4-kue2 |
| 糯米腸 | 秫米腸 | cut8-bi2-tng5 |
| 營養三明治 | 營養三明治 | ing5-iong2-sann-bing5-ti7 |
| 割包 | 割包 | kuah4-pau |
| 虎咬豬 | 虎咬豬 | hoo2-ka7-ti |
| 棺材板 | 棺材板 | kuan-cha-pang |
| 潤餅 | 潤餅 | jun7-piann2 |
| 宜蘭糕渣 | 宜蘭糕渣 | gi5-lan5-ko-ca |

### ＊雞鴨類

MP3-50

| 中文 | 台灣話 | 台語羅馬拼音 |
|---|---|---|
| 鹽酥雞 | 鹽酥雞 | iam5-soo-ke |
| 雞捲 | 雞捲 | ke-kng2 |
| 鹹水鴨 | 鹹水鴨 | kiam5-cui2-ah4 |

| 中文 | 台灣話 | 台語羅馬拼音 |
|---|---|---|
| 鴨舌頭 | 鴨舌 | ah4-cih8 |
| 東山鴨頭 | 東山鴨頭 | tang-suann-ah4-thau5 |
| 鴨賞 | 鴨賞 | ah4-sionn2 |
| 卜鴨肉 | 卜鴨肉 | poh4-ah4-bah4 |
| 烤鳥蛋 | 烘鳥蛋 | hang-ciau2-nng7 |
| 燻茶鵝 | 熏茶鵝 | hun-te5-go5 |

## ＊ 豆製品類

| 中文 | 台灣話 | 台語羅馬拼音 |
|---|---|---|
| 炸豆腐 | 既豆腐 | cinn3-tau7-hu7 |
| 臭豆腐 | 臭豆腐 | chau3-tau7-hu7 |
| 清蒸臭豆腐 | 清蒸臭豆腐 | ching-cing-chau3-tau7-hu7 |
| 紅燒臭豆腐 | 紅燒臭豆腐 | ang5-sio-chau3-tau7-hu7 |
| 油炸臭豆腐 | 油炸臭豆腐 | iu5-cinn3-chau3-tau7-hu7 |
| 麻辣臭豆腐 | 麻辣臭豆腐 | mua5-luah8-chau3-tau7-hu7 |
| 阿給 | 阿給 | a-ke7 |

## ＊ 海鮮類

MP3-52

| 中文 | 台灣話 | 台語羅馬拼音 |
|---|---|---|
| 魷魚酥 | 魷魚酥 | jiu5-hi5-soo |
| 天婦羅 | 甜不辣 | tiam5-put4-lah8 |
| 章魚丸燒 | 章魚丸燒 | cionn-hi5-uan5-sio |

## ＊ 肉品類

MP3-53

| 中文 | 台灣話 | 台語羅馬拼音 |
|---|---|---|
| 烤香腸 | 烘胭腸 | hang-ian-chiang5 |
| 肉鬆 | 肉酥 | bah4-soo |

134

| 中文 | 台灣話 | 台語羅馬拼音 |
|------|--------|--------------|
| 豬肉干 | 豬肉干 | ti-bah4-kuann |
| 牛肉干 | 牛肉干 | gu5-bah4-kuann |
| 膽肝 | 膽肝 | tam2-kuann |
| 滷味 | 滷味 | loo2-bi7 |
| 肉圓 | 肉丸 | bah4-uan5 |
| 豬腸滷 | 滷豬腸 | loo2-ti-tng5 |

### ✱ 蛋食類

MP3-54

| 中文 | 台灣話 | 台語羅馬拼音 |
|------|--------|--------------|
| 茶葉蛋 | 茶卵 | te5-nng7 |
| 阿婆鐵蛋 | 阿婆鐵卵 | a-po5-thih4-nng7 |

### ✱ 蔬菜類

MP3-55

| 中文 | 台灣話 | 台語羅馬拼音 |
|------|--------|--------------|
| 炭烤玉米 | 烘番麥 | hang-huan-beh8 |
| 燙青菜 | 燙青菜 | thng3-chenn-chai3 |

## ❸ 點心類

MP3-56

| 中文 | 台灣話 | 台語羅馬拼音 |
|------|--------|--------------|
| 豆沙包 | 豆沙包 | tau7-se-pau |
| 水煎包 | 水煎包 | cui2-cian-pau |
| 香菇素菜包 | 香菇素菜包 | hiunn-koo-soo3-chai3-pau |
| 肉包 | 肉包 | bah4-pau |
| 小籠包 | 小籠包 | sio2-lang5-pau |
| 胡椒餅 | 胡椒餅 | hoo5-cio-piann2 |

| 中文 | 台灣話 | 台語羅馬拼音 |
|------|--------|------------|
| 燒賣 | 燒賣 | sio-mai |
| 水餃 | 水餃 | cui2-kiau2 |
| 餛飩 | 扁食 | pian2-sit4 |
| 春捲 | 潤餅高 | lun7-piann2-kauh7 |
| 蔥油餅 | 蔥油餅 | chang-iu5-piann2 |
| 河粉煎 | 河粉煎 | ho5-hun2-cian |
| 年糕 | 甜粿 | tinn-kue2 |
| 八寶飯 | 八寶飯 | peh4-po2-png7 |
| 八寶粥 | 八寶糜 | peh4-po2-muai5 |
| 牛肉餡餅 | 牛肉餡餅 | gu5-bah4-ann7-piann2 |
| 水晶餃 | 水晶餃 | cui2-cinn-kiau2 |

## ❹ 美味湯類

MP3-57

| 中文 | 台灣話 | 台語羅馬拼音 |
|------|--------|------------|
| 海帶排骨湯 | 海菜排骨湯 | hai2-chai3-pai5-kut4-thng |
| 蘿蔔排骨湯 | 菜頭排骨湯 | chai3-thau5-pai5-kut4-thng |
| 蓮藕排骨湯 | 蓮藕排骨湯 | lian5-ngau7-pai5-kut4-thng |
| 金針排骨湯 | 金針排骨湯 | kim-ciam-pai5-kut4-thng |
| 香菇雞湯 | 香菇雞湯 | hiunn-koo-ke-thng |
| 青菜豆腐湯 | 青菜豆腐湯 | chenn-chai3-tau7-hu7-thng |
| 竹筍湯 | 竹筍湯 | tik4-sun2-thng |
| 味噌湯 | 豆醬湯（米收湯） | tau7-ciunn3-thng(bi-so2-thng) |
| 蘿蔔湯 | 菜頭湯 | chai3-thau5-thng |
| 苦瓜鳳梨雞湯 | 苦瓜旺梨雞湯 | khoo2-kue-ong7-lai5-ke-thng |
| 酸菜豬血湯 | 酸菜豬血湯 | sng-chai3-ti-hueh4-thng |

| 中文 | 台灣話 | 台語羅馬拼音 |
|---|---|---|
| 玉米湯 | 番麥湯 | fan-bi2-thng |
| 冬瓜蛤蜊湯 | 冬瓜蜊仔湯 | tang-kue-la5-a2-thng |
| 榨菜豆腐湯 | 榨菜豆腐湯 | ca3-chai3-tau7-hu7-thng |
| 蛋花湯 | 卵湯 | nng7-thng |
| 紫菜蛋花湯 | 紫菜卵花湯 | ci2-chai3-nng7-hue-thng |
| 酸辣湯 | 酸辣湯 | sng-hiam-thng |
| 人參雞湯 | 參仔雞湯 | sam-a2-ke-thng |
| 餛飩湯 | 扁食湯 | piann2-sit4-thng |
| 貢丸湯 | 貢丸湯 | kong3-uan5-thng |
| 豬肝湯 | 豬肝湯 | ti-kuann-thng |
| 肝連湯 | 肝連湯 | kuann-lian5-thng |
| 粉腸湯 | 粉腸湯 | hun2-tng5-thng |
| 豬肚湯 | 豬肚湯 | ti-too2-thng |
| 下水湯 | 下水湯 | ha7-sui2-thng |
| 四神湯 | 四神湯 | su3-sin5-thng |
| 蚵仔湯 | 蚵仔湯 | o5-a2-thng |
| 魚丸湯 | 魚丸湯 | hi5-uan5-thng |

## ❺ 家常菜

MP3-58

### 1 可口蛋食類

| 中文 | 台灣話 | 台語羅馬拼音 |
|---|---|---|
| 蕃茄炒蛋 | 通嘛拓炒卵 | thoo-ma-tooh-cha2-nng7 |
| 菜脯蛋 | 菜脯卵 | chai3-poo2-nng7 |
| 皮蛋豆腐 | 皮蛋豆腐 | phi5-tan3-tau7-hu7 |

| 中文 | 台灣話 | 台語羅馬拼音 |
|---|---|---|
| 蛤蜊蒸蛋 | 蜊仔炊卵 | la5-a2-chue-nng7 |

### 2 營養肉品類

MP3-59

| 中文 | 台灣話 | 台語羅馬拼音 |
|---|---|---|
| 糖醋排骨 | 糖醋排骨 | thng5-choo3-pai5-kut4 |
| 薑絲炒大腸 | 薑絲炒大腸 | kiunn-si-cha2-tua7-tng5 |
| 炸肥腸 | 既肥腸 | cinn3-pui5-tng5 |
| 滷腿扣 | 滷腿庫 | loo2-thui2-khoo3 |
| 紅燒肉 | 紅燒肉 | ang5-sio-bah4 |
| 紅燒豬腳 | 紅燒豬腳 | ang5-sio-ti-kha |
| 筍乾控肉 | 筍乾控肉 | sun-kuann-khong3-bah4 |
| 梅干扣肉 | 梅干扣肉 | mui5-kuann-khong3-bah4 |
| 洋蔥豬排 | 蔥頭豬排 | chang-thau5-ti-pai5 |
| 青椒牛肉 | 青椒牛肉 | chenn-cio-gu5-bah4 |
| 紅燒牛腩 | 紅燒牛腩 | ang5-sio-gu-lan |

### 3 美味雞鴨類

MP3-60

| 中文 | 台灣話 | 台語羅馬拼音 |
|---|---|---|
| 白斬雞 | 白斬雞 | peh8-cann2-ke |
| 三杯雞 | 三杯雞 | sann-pue-ke |
| 炸雞腿 | 既雞腿 | cinn3-ke-thui2 |
| 蔥油雞 | 蔥油雞 | chang-iu5-ke |

### 4 海鮮美食類

MP3-61

| 中文 | 台灣話 | 台語羅馬拼音 |
|---|---|---|
| 清蒸鱈魚 | 清蒸鱈魚 | ching-cing-suat4-hi5 |
| 清蒸鱒魚 | 清蒸鱒魚 | ching-cing-cun-hi5 |

| 中文 | 台灣話 | 台語羅馬拼音 |
|------|--------|--------------|
| 煎鯧魚 | 煎鯧魚 | cian-chionn-hi5 |
| 豆瓣魚 | 豆瓣魚 | tau7-pan7-hi5 |
| 什錦蝦仁 | 什錦蝦仁 | sip8-gim2-he5-jin5 |
| 芹菜炒花枝 | 芹菜炒花枝 | khin5-chai3-cha2-hue-ki |
| 小魚乾炒花生 | 魚脯仔炒土豆 | hi5-poo2-a2-cha2-thoo5-tau7 |

### 5 健康蔬菜類　　　　　　　　　MP3-62

| 中文 | 台灣話 | 台語羅馬拼音 |
|------|--------|--------------|
| 白菜滷 | 白菜滷 | peh8-chai3-loo2 |
| 竹筍沙拉 | 竹筍沙拉 | tik4-sun2-sa-la |
| 紅燒豆腐 | 紅燒豆腐 | ang5-sio-tau7-hu7 |
| 炒絲瓜 | 炒菜瓜 | cha2-chai3-kue |
| 涼拌海帶絲 | 涼拌海菜絲 | liang5-puann7-hai2-chai3-si |
| 炒山蘇 | 炒山蘇 | cha2-san-soo |
| 泡菜 | 泡菜 | phau3-chai3 |

## ❻ 便餐　　　　　　　　　　　　MP3-63

### 1 麵食類

| 中文 | 台灣話 | 台語羅馬拼音 |
|------|--------|--------------|
| 炸醬麵 | 炸醬麵 | cah8-ciunn3-mi7 |
| 麻醬麵 | 麻醬麵 | mua5-ciunn3-mi7 |
| 排骨麵 | 排骨麵 | pai5-kut4-mi7 |
| 陽春麵 | 陽春麵 | ionn5-chunn-mi7 |
| 牛肉麵 | 牛肉麵 | gu5-bah4-mi7 |

| 中文 | 台灣話 | 台語羅馬拼音 |
|------|--------|-------------|
| 擔仔麵 | 擔仔麵 | tann-a2-mi7 |
| 大滷麵 | 大滷麵 | tua7-loo2-mi7 |
| 榨菜肉絲麵 | 榨菜肉絲麵 | cin-chai3-bah4-si-mi7 |
| 酸辣湯麵 | 酸辣湯麵 | sng-hiam-thng-mi7 |
| 什錦湯麵 | 雜菜麵 | cap8-chai3-mi7 |
| 意麵 | 意麵 | i3-mi7 |
| 乾麵 | 乾麵 | ta-mi7 |
| 油麵 | 油麵 | iu5-mi7 |
| 切仔麵 | 切仔麵 | chik8-a2-mi7 |

### 2 飯類

| 中文 | 台灣話 | 台語羅馬拼音 |
|------|--------|-------------|
| 豬油拌飯 | 豬油攪飯 | ti-iu5-kiau2-png7 |
| 排骨飯 | 排骨飯 | pai5-kut4-png7 |
| 蛋炒飯 | 炒卵飯 | cha2-nng7-png7 |
| 雞腿飯 | 雞腿飯 | ke-thui2-png7 |
| 鴨腿飯 | 鴨腿飯 | ah4-thui2-png7 |
| 魚排飯 | 魚排飯 | hi5-pai5-png7 |
| 豬腳飯 | 豬腳飯 | ti-kha-png7 |
| 咖哩飯 | 咖哩飯 | ka-li2-png7 |
| 魯肉飯 | 魯肉飯 | loo2-bah4-png7 |
| 油雞飯 | 油雞飯 | iu5-ke-png7 |
| 叉燒飯 | 叉燒飯 | cha-sio-png7 |
| 三寶飯 | 三寶飯 | sann-po2-png7 |
| 招牌飯 | 招牌飯 | ciau-pai5-png7 |
| 雞肉飯 | 雞肉飯 | ke-bah4-png7 |

## 3 其他

| 中文 | 台灣話 | 台語羅馬拼音 |
|---|---|---|
| 豬肉水餃 | 豬肉水餃 | ti-bah4-cui2-kiau2 |
| 牛肉水餃 | 牛肉水餃 | gu5-bah4-cui2-kiau2 |
| 素餃 | 素餃 | soo3-kiau2 |
| 小米粥 | 小米糜 | sio2-bi2-muai5 |

## ❼ 甜點

| 中文 | 台灣話 | 台語羅馬拼音 |
|---|---|---|
| 刨冰 | 銼冰 | chuah4-ping |
| 冰棒 | 枝仔冰 | ki-a2-ping |
| 仙草冰 | 仙草冰 | sian-chau2-ping |
| 芒果冰 | 檨仔冰 | suainn7-a2-ping |
| 草莓冰 | 草莓冰 | chau2-mue5-ping |
| 檸檬愛玉冰 | 檸檬愛玉冰 | le5-bong2-ai3-giok8-ping |
| 紅豆牛奶冰 | 紅豆牛奶冰 | ang5-tau7-gu5-ling-ping |
| 彎豆冰 | 彎豆冰 | uan-tau7-ping |
| 八寶冰 | 八寶冰 | peh4-po2-ping |
| 四果冰 | 四果冰 | su3-ko2-ping |
| 蓮心冰 | 蓮心冰 | lian5-cim-ping |
| 楊桃冰 | 楊桃冰 | iunn5-to5-ping |
| 花生玉米冰 | 土豆番麥冰 | thoo5-tau7-fan-bi2-ping |
| 蓮子木耳湯 | 蓮子木耳湯 | lian5-ci2-bok8-ni2-thng |
| 綠豆湯 | 綠豆湯 | lik8-tau7-thng |
| 綠豆薏仁湯 | 綠豆薏仁湯 | lik8-tau7-i3-jin5-thng |

PART 2 單字篇

| 中文 | 台灣話 | 台語羅馬拼音 |
|---|---|---|
| 綠豆沙 | 綠豆沙 | lik8-tau7-se |
| 紅豆湯 | 紅豆湯 | ang5-tau7-thng |
| 湯圓 | 圓仔 | inn5-a2 |
| 芝麻湯圓 | 芝麻圓仔 | ci-mua5-inn5-a2 |
| 酒釀湯圓 | 酒甕圓仔 | ciu2-poo5-inn5-a2 |
| 粉圓 | 粉圓 | hun2-inn5 |
| 山粉圓 | 山粉圓 | suann-hun2-inn5 |
| 芋圓 | 芋圓 | oo7-inn5 |
| 豆花 | 豆花 | tau7-hue |
| 泡泡冰 | 泡泡冰 | phau7-phau7-ping |
| 西米露 | 西米露 | se-bi2-loo7 |
| 燒仙草 | 燒仙草 | sio-sian-chau2 |
| 麵茶 | 麵茶 | mi7-te5 |
| 粉粿 | 粉粿 | hun2-kue2 |
| 決明子茶 | 決明子茶 | kuat4-bing5-cu2-te5 |
| 蓮藕茶 | 蓮藕茶 | lian5-ngau7-te5 |
| 杏仁茶 | 杏仁茶 | hing7-jin5-te5 |
| 杏仁豆腐 | 杏仁豆腐 | hing7-jin5-tau7-hu7 |
| 綠豆蒜 | 綠豆蒜 | lik8-tau7-suan3 |
| 龜苓膏 | 龜苓膏 | ku-ling5-ko |
| 冰糖雪蛤膏 | 冰糖雪蛤膏 | ping-thng5-suat4-ham-koo |
| 冰糖燕窩 | 冰糖燕窩 | ping-thng5-ian3-o |
| 甜酒釀 | 甜酒甕 | tinn-ciu2-poo5 |
| 芝麻糊 | 芝麻糊 | ci-mua5-koo5 |

# ❽ 糖果零食

| 中文 | 台灣話 | 台語羅馬拼音 |
|------|--------|--------------|
| 糖果 | 糖仔 | thng5-a2 |
| 瓜子 | 瓜子 | kue-ci2 |
| 麥芽糖 | 麥芽膏 | beh8-ge5-ko |
| 糖蔥 | 糖蔥 | thng5-chang |
| 蜂蜜 | 蜂蜜 | phang-bit8 |
| 海苔 | 海苔 | hai2-tai5 |
| 口香糖 | 樹奶糖 | chiu7-ni-thng5 |
| 花生糖 | 土豆糖 | thoo5-tau7-thng5 |
| 冬瓜糖 | 冬瓜糖 | tang-kue-thng5 |
| 牛奶糖 | 牛奶糖 | gu5-ling-thng5 |
| 貢糖 | 貢糖 | kong3-thng5 |
| 羊羹（外來語） | 羊羹 | io9-khang2 |
| 新港飴 | 新港飴 | sin-kang2-i5 |
| 龍鬚糖 | 龍鬚糖 | liong5-chiu-thng5 |
| 柿餅 | 柿餅 | khi7-piann2 |
| 爆米香 | 磅米芳 | pong7-bi2-phang |
| 糖葫蘆 | 李仔籤 | li2-a2-chiam2 |
| 紫蘇梅 | 紫蘇梅 | ci2-soo-mui5 |
| 話梅 | 梅仔 | mui5-a2 |
| 蜜餞 | 鹹酸甜 | kiam5-sng-tinn |
| 橘餅 | 柑仔餅 | kam-a2-piann2 |
| 水煮花生 | 撒土豆 | sah8-thoo5-tau7 |
| 水煮菱角 | 撒菱角 | sah8-ling5-kak4 |

| 中文 | 台灣話 | 台語羅馬拼音 |
| --- | --- | --- |
| 綠豆椪 | 綠豆膨 | lik8-tau7-phong3 |
| 綠豆糕 | 綠豆糕 | lik8-tau7-ko |
| 月餅 | 月餅 | gueh8-piann2 |
| 雪餅 | 雪餅 | suat4-piann2 |
| 太陽餅 | 太陽餅 | thai3-ionn5-piann2 |
| 鳳梨酥 | 旺梨酥 | ong7-lai5-soo |
| 方塊酥 | 四角酥 | si3-kak4-soo |
| 蛋黃酥 | 卵仁酥 | nng7-jin5-soo |
| 狀元糕 | 狀元糕 | ciong7-guan5-ko |
| 李鹹糕 | 李鹹糕 | li-kiam5-ko |
| 洛神糕 | 洛神糕 | lok8-sin5-ko |
| 油蔥糕 | 油蔥糕 | iu5-chang-ko |
| 牛舌餅 | 牛舌餅 | gu5-cih8-piann2 |
| 杏仁餅 | 杏仁餅 | hing7-jin5-piann2 |
| 綠豆酥 | 綠豆酥 | lik8-tau7-soo |
| 芋頭酥 | 芋仔酥 | oo7-a2-soo |
| 綠茶酥 | 綠茶酥 | lik8-te5-soo |
| 腰果酥 | 腰果酥 | io-ko2-soo |
| 蒜頭酥 | 蒜頭酥 | suan3-thau5-soo |
| 麻粩 | 麻粩 | mua5-lau2 |
| 豬油荖 | 豬油荖 | bah4-iu5-lau2 |

| 中文 | 台灣話 | 台語羅馬拼音 |
|------|--------|------------|
| 杏仁荖 | 杏仁荖 | hing7-jin5-lau2 |
| 鳳眼糕 | 鳳眼糕 | hong7-gan2-ko |
| 蘇打餅 | 鹼光餅 | kiam5-kong-piann2 |
| 鹹蛋糕 | 鹹雞卵糕 | kiam5-ke-nng7-ko |
| 竹塹餅 | 竹塹餅 | tik8-cam3-piann2 |
| 雪花餅 | 雪花餅 | suat4-hue-piann2 |
| 冰沙餡餅 | 冰沙餡餅 | ping-sua-ann7-piann2 |
| 蛋黃肉餅 | 卵仁肉餅 | nng7-jin5-bah4-piann2 |
| 大餅包小餅 | 大餅包小餅 | tua7-piann2-pau-se3-piann2 |
| 蛋捲 | 卵捲 | nng7-kng2 |
| 黑糖鳳梨糕 | 黑糖旺梨糕 | oo-thng5-ong7-lai5-ko |
| 綠茶金棗糕 | 綠茶金棗糕 | lik8-te5-kim-co2-ko |
| 銅鑼燒 | 銅鑼燒 | tang5-lo5-sio |
| 麻糬冰淇淋 | 麻糬冰糕 | mua5-ci5-ping-ko |

## ❿ 早餐　　　　　　　　　　　　　　　MP3-69

| 中文 | 台灣話 | 台語羅馬拼音 |
|------|--------|------------|
| 豆漿 | 豆奶 | tau7-ling |
| 米漿 | 米奶 | bi2-ling |
| 燒餅 | 燒餅 | sio-piann2 |
| 油條 | 油炸粿 | iu5-cia7-kue2 |
| 飯糰 | 飯丸 | png7-uan5 |

| 中文 | 台灣話 | 台語羅馬拼音 |
| --- | --- | --- |
| 地瓜稀飯 | 番薯糜 | han-ci5-muai5 |
| 醬菜 | 醬菜 | ciunn3-chai3 |
| 麵筋 | 麵梯 | mi-thi |
| 蘿蔔乾 | 菜脯 | chai3-poo2 |
| 鹹鴨蛋 | 鹹鴨卵 | kiam5-ah4-nng7 |
| 破布子 | 破布子 | phoo3-ci2 |
| 黑豆豉 | 蔭豉仔 | im3-sinn7-a2 |
| 包子 | 包仔 | pau-a2 |
| 饅頭 | 饅頭 | ban2-tho5 |
| 蘿蔔糕 | 菜頭粿 | chai3-thau5-kue2 |
| 麵包 | 胖 | phang2 |
| 漢堡（外來語） | 漢堡 | han3-po2 |
| 奶茶 | 奶茶 | ni-te5 |
| 咖啡 | 咖啡 | ka-pi |
| 牛奶 | 牛奶 | gu5-ling |
| 果醬 | 苺 | jiam2 |
| 奶油（外來語） | 嘛搭 | ba-tah4 |
| 火腿（外來語） | 哈姆 | ha2-mu7 |
| 三明治（外來語） | 三明治 | sann-bing5-ti7 |
| 吐司（外來語） | 俗胖 | siok8-phang2 |
| 鍋巴 | 飯疕 | png7-phi2 |

# 30 秒記住這個說法！

## 美味的早餐吧

| | | |
|---|---|---|
| ❶ 豆漿 | 豆奶 | tau7-ling |
| ❷ 米漿 | 米奶 | bi2-ling |
| ❸ 油條 | 油炸粿 | iu5-cia7-kue2 |
| ❹ 地瓜稀飯 | 番薯糜 | han-ci5-muai5 |
| ❺ 蘿蔔糕 | 菜頭粿 | chai3-thau5-kue2 |
| ❻ 麵包 | 胖 | phang2 |

# ⑪ 口味

MP3-70

| 中文 | 台灣話 | 台語羅馬拼音 |
|---|---|---|
| 酸 | 酸 | sng |
| 甜 | 甜 | tinn |
| 苦 | 苦 | khoo2 |
| 辣 | 辣 | hiam |

| 中文 | 台灣話 | 台語羅馬拼音 |
|------|--------|--------------|
| 鹹 | 鹹 | kiam5 |
| 香 | 芳 | phang |
| 臭 | 臭 | chau3 |
| 太冰 | 傷冰 | siunn-ping |
| 太燙 | 傷燒 | siunn-sio |
| 太油 | 傷油 | siunn-iu5 |
| 太淡 | 傷架 | siunn-ciann2 |
| 太酸 | 傷酸 | siunn-sng |
| 太辣 | 傷辣 | siunn-hiam |
| 太冷 | 傷冷 | siunn-ling2 |
| 太鹹 | 傷鹹 | siunn-kiam5 |
| 太甜 | 傷甜 | siunn-tinn |
| 太苦 | 傷苦 | siunn-khoo2 |
| 好吃 | 好食 | ho2-ciah8 |
| 難吃 | 歹食 | phainn2-ciah8 |
| 燒焦 | 臭火乾 | chau3-hue2-ta |
| 餿掉 | 臭酸 | chau3-sng |

## ⑫ 烹調法 MP3-71

| 中文 | 台灣話 | 台語羅馬拼音 |
|------|--------|--------------|
| 蒸 | 炊 | chue |
| 煮 | 煮 | cu2 |

| 中文 | 台灣話 | 台語羅馬拼音 |
|------|--------|--------------|
| 炒 | 炒 | cha2 |
| 炸 | 既 | cinn3 |
| 煎 | 煎 | cian |
| 烤 | 烘 | hang |
| 煨 | 煨 | ue |
| 燉 | 燉（燖） | tun7(tim7) |
| 醃 | 醃 | iam |
| 燜 | 燜 | bun7 |
| 涼拌 | 涼拌 | liang5-puann7 |
| 糖醋 | 糖醋 | thng5-choo3 |
| 紅燒 | 紅燒 | ang5-sio |
| 汆燙 | 撒 | sah8 |
| 紅糟 | 紅槽 | ang5-cau |
| 勾芡 | 牽粉（牽羹） | khan-hun2(khan-kenn) |

## ⓭ 蔬菜

| 中文 | 台灣話 | 台語羅馬拼音 |
|------|--------|--------------|
| 大黃瓜 | 刺瓜仔 | chi3-kue-a2 |
| 南瓜 | 金瓜 | kim-kue |
| 絲瓜 | 菜瓜 | chai3-kue |
| 苦瓜 | 苦瓜 | khoo2-kue |
| 冬瓜 | 冬瓜 | tang kue |
| 地瓜 | 番薯 | han-ci5 |
| 小黃瓜 | 瓜仔泥 | kue-a2-ni5 |

| 中文 | 台灣話 | 台語羅馬拼音 |
|---|---|---|
| 瓠瓜 | 匏仔 | pu5-a2 |
| 白蘿蔔 | 菜頭 | chai3-thau5 |
| 芋頭 | 芋仔 | oo7-a2 |
| 紅蘿蔔 | 紅菜頭 | ang5-chai3-thau5 |
| 馬鈴薯 | 馬鈴薯 | be2-ling5-ci5 |
| 玉米 | 番麥 | fan-bi2 |
| 蕃茄 | 卡嘛拓（柑仔蜜） | ka-ma-toh4(kam-a2-bit8) |
| 茄子 | 橋 | kio5 |
| 洋蔥 | 蔥頭 | chang-thau |
| 大蒜 | 蒜頭 | suan3-thau5 |
| 蔥 | 蔥 | chang |
| 薑 | 薑 | kiunn |
| 辣椒 | 番薑仔 | huan(hiam)-kiunn-a2 |
| 青椒 | 青番薑仔 | chenn-huan-kiunn-a2 |
| 茼蒿菜 | 苳蒿（拍某菜） | tang-o(phah4-boo2-chai3) |
| 甘藍菜 | 甘藍菜 | kam-lam5-chai3 |
| A 菜 | 耶仔菜 | e-a2-chai3 |
| 芥菜 | 割菜 | kua3-chai3 |
| 大白菜 | 白菜 | peh8-chai3 |
| 高麗菜 | 高麗菜 | ko-le7-chai3 |
| 芹菜 | 芹菜 | khin5-chai3 |
| 菠菜 | 菠菱仔菜 | pue-ling5-a2-chai3 |
| 花椰菜 | 菜花 | chai3-hue |
| 芥蘭菜 | 芥蘭仔菜 | ke3-na5-a2-chai3 |

| 中文 | 台灣話 | 台語羅馬拼音 |
|---|---|---|
| 空心菜 | 蕹菜 | ing3-chai3 |
| 油菜 | 油菜 | iu5-chai3 |
| 莞荽（香菜） | 莞荽 | ian5-sui |
| 韭菜 | 韭菜 | ku2-chai3 |
| 過貓 | 過貓 | kue3-niau |
| 香菇 | 香菇 | hiunn-koo |
| 木耳 | 木耳 | bok8-ni2 |
| 金針菇 | 金針菇 | kim-ciam-koo |
| 鴻禧菇 | 鴻禧菇 | hong5-hi2-koo |
| 四季豆 | 菜豆 | chai3-tau7 |
| 扁豆 | 扁豆 | pinn2-tau7 |
| 蠶豆 | 馬齒豆 | be2-khi2-tau7 |
| 毛豆 | 敏豆仔 | bin2-tau7-a2 |
| 黃豆 | 黃豆 | ng5-tau7 |
| 肉豆 | 肉豆 | bah4-tau7 |
| 豌豆 | 胡仁豆 | ho5-jin5-tau7 |
| 皇帝豆 | 皇帝豆 | hong5-te3-tau7 |
| 豆芽菜 | 豆菜 | tau7-chai3 |
| 海帶 | 海菜 | hai2-chai3 |
| 紫菜 | 紫菜 | ci2-chai3 |
| 髮菜 | 頭毛菜 | thau5-mng5-chai3 |
| 蘆筍 | 蘆筍 | loo5-sun2 |
| 竹筍 | 竹筍 | tik4-sun2 |
| 茭白筍 | 茭白筍 | kha-peh8-sun2 |

| 中文 | 台灣話 | 台語羅馬拼音 |
|---|---|---|
| 甘薯葉 | 番薯葉 | han-ci5-hioh8 |
| 蓮藕 | 蓮藕 | lian5-ngau7 |
| 馬蹄 | 馬蹄 | be2-te5 |
| 荸薺 | 荸薺 | be2-ci5 |
| 牛蒡 | 牛蒡（五莫） | gu5-pong5(ngoo7-boo) |
| 雪裡紅 | 雪裡紅 | seh4-li2-hong5 |
| 蕗蕎 | 蕗蕎 | loo7-kio7 |
| 竹笙 | 竹笙 | tik4-sing |
| 白果 | 白果 | peh8-ko |
| 豆腐 | 豆腐 | tau7-hu7 |
| 豆乾 | 豆乾 | tau7-kuann |
| 油豆腐 | 豆干既 | tau7-kuann-cinn3 |
| 粉絲 | 粉絲 | hun2-si |

## 30 秒記住這個說法！

### 蔬菜大觀園

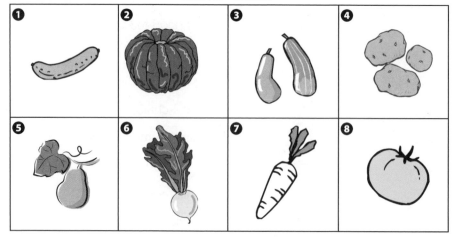

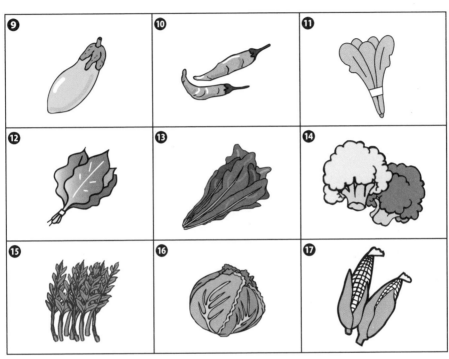

| | | |
|---|---|---|
| ❶ 大黃瓜 | 刺瓜仔 | chi3-kue-a2 |
| ❷ 南瓜 | 金瓜 | kim-kue |
| ❸ 絲瓜 | 菜瓜 | chai3-kue |
| ❹ 地瓜 | 番薯 | han-ci5 |
| ❺ 瓠瓜 | 匏仔 | pu5-a2 |
| ❻ 白蘿蔔 | 菜頭 | chai3-thau5 |
| ❼ 紅蘿蔔 | 紅菜頭 | ang5-chai3-thau5 |
| ❽ 蕃茄 | 卡嘛拓（柑仔蜜） | ka-ma-toh4(kam-a2-bit8) |
| ❾ 茄子 | 橋 | kio5 |
| ❿ 辣椒 | 番薑仔 | huan(hiam)-kiunn-a2 |
| ⓫ 茼蒿菜 | 茪蒿（拍某菜） | tang-o(phah4-boo2-chai3) |

| 中文 | 台灣話 | 台語羅馬拼音 |
|------|--------|------------|
| ⑫ 芥菜 | 割菜 | kua3-chai3 |
| ⑬ 菠菜 | 菠菱仔菜 | pue-ling5-a2-chai3 |
| ⑭ 花椰菜 | 菜花 | chai3-hue |
| ⑮ 芥蘭菜 | 芥蘭仔菜 | ke3-na5-a2-chai3 |
| ⑯ 空心菜 | 蕹菜 | ing3-chai3 |
| ⑰ 玉米 | 番麥 | fan-bi2 |

## ⑭ 水果

| 中文 | 台灣話 | 台語羅馬拼音 |
|------|--------|------------|
| 鳳梨 | 旺梨 | ong7-lai5 |
| 水梨 | 水梨仔 | cui2-lai5-a2 |
| 梨子 | 梨仔 | lai5-a2 |
| 枇杷 | 枇杷 | pi5-pe5 |
| 楊桃 | 楊桃 | iunn5-to5 |
| 芭樂 | 菝仔 | pat8-a2 |
| 龍眼 | 龍眼 | ling5-ging2 |
| 蓮霧 | 蓮霧 | lian2-bu7 |
| 釋迦 | 釋迦 | sik4-khia |
| 柚子（文旦） | 柚仔 | iu7-a2 |
| 葡萄柚 | 葡萄柚 | pho5-to5-iu7 |
| 棗子 | 棗仔 | co2-a2 |
| 奇異果 | 奇異果 | ki5-i7-ko2 |
| 榴槤 | 榴槤 | liu5-lian5 |
| 蘋果 | 椪果 | phong7-ko2 |

| 中文 | 台灣話 | 台語羅馬拼音 |
|---|---|---|
| 西瓜 | 西瓜 | si-kue |
| 木瓜 | 木瓜 | bok8-kue |
| 哈密瓜 | 哈密瓜 | ha-bit8-kue |
| 香瓜 | 芳瓜 | phang-kue |
| 橘子 | 柑仔 | kam4-a2 |
| 柳橙 | 柳丁 | liu2-ting |
| 柿子 | 紅柿 | ang5-khi7 |
| 梅子 | 梅仔 | mui5-a2 |
| 楊梅 | 楊梅 | iunn5-mui5 |
| 金棗 | 金棗 | kim-co2 |
| 橄欖 | 橄欖 | kann-na2 |
| 櫻桃 | 櫻桃 | ing-tho5 |
| 草莓 | 草莓 | chau2-mue5 |
| 檸檬 | 雷檬 | le5-bong2 |
| 葡萄 | 葡萄 | pho5-to5 |
| 香蕉 | 弓蕉 | kin-cio |
| 桃子 | 桃仔 | tho5-a2 |
| 水蜜桃 | 水蜜桃 | cui2-bit8-tho5 |
| 李子 | 李仔 | li2-a2 |
| 椰子 | 椰子 | ia5-ci2 |
| 芒果 | 樣仔 | suainn7-a2 |
| 荔枝 | 荔枝 | nai7-ci |
| 石榴 | 榭榴 | sia7-liu5 |
| 仙桃 | 仙桃 | sian-tho5 |

| 中文 | 台灣話 | 台語羅馬拼音 |
|------|--------|--------------|
| 紅龍果 | 火龍果 | hue3-liong5-ko2 |
| 酪梨 | 酪梨 | lok8-lai5 |

## 水果大觀園

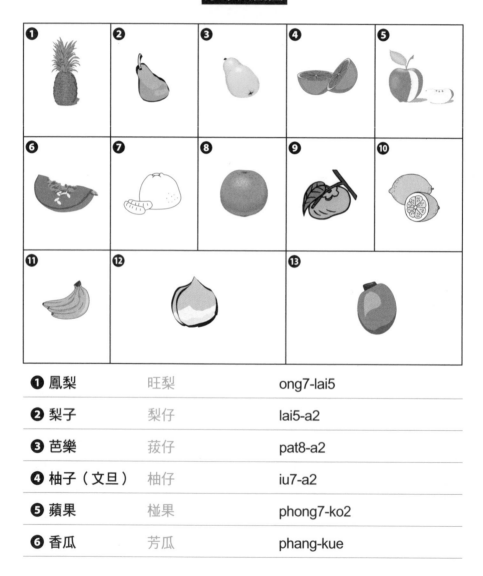

| ❶ 鳳梨 | 旺梨 | ong7-lai5 |
|--------|------|-----------|
| ❷ 梨子 | 梨仔 | lai5-a2 |
| ❸ 芭樂 | 菝仔 | pat8-a2 |
| ❹ 柚子（文旦） | 柚仔 | iu7-a2 |
| ❺ 蘋果 | 椪果 | phong7-ko2 |
| ❻ 香瓜 | 芳瓜 | phang-kue |

| | | |
|---|---|---|
| ❼ 橘子 | 柑仔 | kam4-a2 |
| ❽ 柳橙 | 柳丁 | liu2-ting |
| ❾ 柿子 | 紅柿 | ang5-khi7 |
| ❿ 檸檬 | 雷檬 | le5-bong2 |
| ⓫ 香蕉 | 弓蕉 | kin-cio |
| ⓬ 桃子 | 桃仔 | tho5-a2 |
| ⓭ 芒果 | 檨仔 | suainn7-a2 |

## ⓯ 肉類

MP3-74

| 中文 | 台灣話 | 台語羅馬拼音 |
|---|---|---|
| 雞肉 | 雞肉 | ke-bah4 |
| 雞皮 | 雞皮 | ke-phue5 |
| 雞腿 | 雞腿 | ke-thui2 |
| 雞胸肉 | 襟胸肉 | khim-hing-bah4 |
| 雞爪 | 雞腳 | ke-kha |
| 雞脖子 | 雞頷袞 | ke-am7-kun2 |
| 雞翅膀 | 雞翅 | ke-sit8 |
| 雞肝 | 雞肝 | ke-kuann |
| 雞心 | 雞心 | ke-cim |
| 雞胗 | 雞胗 | ke-kian7 |
| 烏骨雞 | 烏骨雞 | oo-kut4-ke |
| 土雞 | 土雞 | thoo2-ke |
| 雞蛋 | 雞卵 | ke-nng7 |

| 中文 | 台灣話 | 台語羅馬拼音 |
|---|---|---|
| 鵪鶉蛋 | 鵪鶉卵 | ian-chun-nng7 |
| 蛋白 | 卵白 | nng7-peh8 |
| 蛋黃 | 卵仁 | nng7-jin5 |
| 蛋殼 | 卵殼 | nng7-khak4 |
| 雞精 | 雞精 | ke-cing |
| 鴨肉 | 鴨肉 | ah4-bah4 |
| 鴨皮 | 鴨皮 | ah4-phue5 |
| 鴨腿 | 鴨腿 | ah4-thui2 |
| 鴨脖子 | 鴨頷衰 | ah4-am7-kun2 |
| 鴨肝 | 鴨肝 | ah4-kuann |
| 鴨舌頭 | 鴨舌 | ah4-cih8 |
| 鴨胗 | 鴨胗 | ah4-kian7 |
| 鴨蛋 | 鴨卵 | ah4-nng7 |
| 紅面鴨 | 紅面鴨 | ang5-bin7-ah4 |
| 鵝肉 | 鵝肉 | go5-bah4 |
| 鵝腿 | 鵝腿 | go5-thui2 |
| 鵝肝 | 鵝肝 | go5-kuann |
| 牛肉 | 牛肉 | gu5-bah4 |
| 牛肚 | 牛肚 | gu5-too2 |
| 牛尾巴 | 牛尾 | gu5-bue2 |
| 牛舌頭 | 牛舌 | gu5-cih8 |
| 牛筋 | 牛筋 | gu5-kin |

| 中文 | 台灣話 | 台語羅馬拼音 |
|------|--------|--------------|
| 牛骨頭 | 牛骨 | gu5-kut4 |
| 牛肺 | 牛肺 | gu5-hi3 |
| 豬肉 | 豬肉 | ti-bah4 |
| 豬皮 | 豬皮 | ti-phue5 |
| 豬肚 | 豬肚 | ti-too2 |
| 豬肺 | 豬肺 | ti-hi3 |
| 五花肉 | 三層肉（五花精） | sann-can5-bah4(goo-hue-ciann) |
| 絞肉 | 絞肉 | ka2-bah4 |
| 肥肉 | 肥肉 | pui5-pah4 |
| 瘦肉 | 省肉 | san2-bah4 |
| 豬蹄 | 豬腳蹄 | ti-kha-te5 |
| 豬肝 | 豬肝 | ti-kuann |
| 豬耳朵 | 豬頭皮 | ti-thau5-phue5 |
| 豬舌頭 | 豬舌 | ti-cih8 |
| 豬腸 | 豬腸 | ti-tng5 |
| 粉腸 | 粉腸 | hun2-tng5 |
| 脆腸 | 脆腸 | che3-tng5 |
| 香腸 | 烟腸 | ian-chiang5 |
| 臘肉 | 臘肉 | lap8-bah4 |
| 羊肉 | 羊肉 | iunn5-bah4 |
| 羊小排 | 羊小排 | iunn5-sio2-pai5 |
| 蛇肉 | 蛇肉 | cua5-bah4 |

## 肉類蛋品生鮮超市

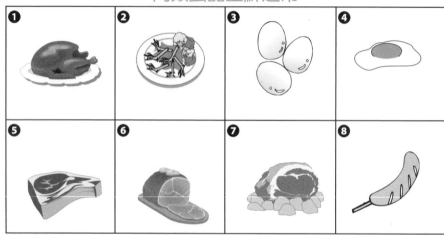

| | 中文 | 台灣話 | 台語羅馬拼音 |
|---|---|---|---|
| ❶ | 雞胸肉 | 襟胸肉 | khim-hing-bah4 |
| ❷ | 雞爪 | 雞腳 | ke-kha |
| ❸ | 雞蛋 | 雞卵 | ke-nng7 |
| ❹ | 蛋黃 | 卵仁 | nng7-jin5 |
| ❺ | 五花肉 | 三層肉（五花精） | sann-can5-bah4(goo-hue-ciann) |
| ❻ | 瘦肉 | 省肉 | san2-bah4 |
| ❼ | 豬蹄 | 豬腳蹄 | ti-kha-te5 |
| ❽ | 香腸 | 胭腸 | ian-chiang5 |

## ⓖ 水產類　　　　　　　　　　　　　　　MP3-75

| 中文 | 台灣話 | 台語羅馬拼音 |
|---|---|---|
| 魚 | 魚 | hi5 |
| 鯊魚 | 鯊魚 | sua-hi5 |

| 中文 | 台灣話 | 台語羅馬拼音 |
|------|--------|-------------|
| 鯉魚 | 鯉魚 | li2-hi5 |
| 魷魚 | 柔魚 | jiu5-hi5 |
| 鮑魚 | 鮑魚 | pau-hi5 |
| 白帶魚 | 白帶魚 | peh8-tua3-hi5 |
| 青花魚 | 青花魚 | chenn-hue-hi5 |
| 鱈魚 | 鱈魚 | suat4-hi5 |
| 秋刀魚 | 秋刀魚 | chiu-to-hi5 |
| 鮫鑯魚 | 鮫鑯 | ka-lah8 |
| 鱸魚 | 鱸魚 | loo5-hi5 |
| 鯽魚 | 鯽仔魚 | cit4-a2-hi5 |
| 鰻魚 | 鰻 | mua5 |
| 鱔魚 | 鱔魚 | sian7-hi5 |
| 鮪魚 | 滄仔魚 | chng3-a2-hi5 |
| 鰱魚 | 鰱魚 | lian5-hi5 |
| 石斑 | 石斑 | cioh8-pan |
| 苦花 | 苦花 | khoo2-hue |
| 吳郭魚 | 吳郭魚 | ngoo5-kueh4-hi5 |
| 泥鰍 | 鰗溜 | hoo5-liu |
| 蝦子 | 蝦仔 | he5-a2 |
| 龍蝦 | 龍蝦 | liong5-he5 |
| 草蝦 | 草蝦 | chau2-he5 |
| 明蝦 | 明蝦 | bing5-he5 |
| 蝦米 | 蝦米 | he5-bi2 |
| 蝦仁 | 蝦仁 | he5-jin5 |

| 中文 | 台灣話 | 台語羅馬拼音 |
|------|--------|------------|
| 蝦殼 | 蝦殼 | he5-khak4 |
| 蝦頭 | 蝦頭 | he5-thau5 |
| 蛤蜊 | 蜊仔 | la5-a2 |
| 牡蠣 | 蚵仔 | o5-a2 |
| 海蜇皮 | 綈 | the7 |
| 螃蟹 | 毛蟹 | moo5-he7 |
| 紅蟳 | 紅蟳 | ang5-cim5 |
| 花蟹 | 花蟳 | hue-cim5 |
| 蝦蛄 | 蝦蛄 | he5-koo |
| 帝王蟹 | 帝王蟹 | te3-ong5-he7 |
| 虱目魚 | 虱目魚 | sat4-bak8-hi5 |
| 海螺 | 海螺 | hai2-le5 |
| 田螺 | 田螺 | chan5-le5 |
| 九孔 | 九孔 | kau2-khang2 |
| 干貝 | 干貝 | kan-pue3 |
| 海瓜子 | 海瓜子 | hai2-kue-ci2 |
| 海參 | 海參 | hai2-som |
| 西施舌 | 西施舌 | se-si-cih8 |
| 透抽 | 透抽 | thau3-thiu |
| 魚皮 | 魚皮 | hi5-phue5 |
| 魚頭 | 魚頭 | hi5-thau5 |
| 魚眼睛 | 魚目睭 | hi5-bak8-ciu |
| 魚肉 | 魚肉 | hi5-bah4 |
| 魚肚 | 魚肚 | hi5-too2 |

| 中文 | 台灣話 | 台語羅馬拼音 |
|---|---|---|
| 魚鱗 | 魚鱗 | hi5-lan5 |
| 魚卵 | 魚卵 | i5-nng7 |
| 魚乾 | 魚乾 | hi5-kuann |
| 魚漿 | 魚漿 | hi5-ciunn |
| 魚板 | 魚板 | hi5-pan2 |
| 魚翅 | 魚翅 | hi5-chi3 |

## 30 秒記住這個說法！

### 上青的生猛海鮮

| | 中文 | 台灣話 | 台語羅馬拼音 |
|---|---|---|---|
| ❶ | 魷魚 | 柔魚 | jiu5-hi5 |
| ❷ | 鯽魚 | 鯽仔魚 | cit4-a2-hi5 |
| ❸ | 鰻魚 | 鰻 | mua5 |
| ❹ | 泥鰍 | 鰗溜 | hoo5-liu |
| ❺ | 蛤蜊 | 蜊仔 | la5-a2 |
| ❻ | 牡蠣（海蠣）| 蚵仔 | o5-a2 |

| ❼ 螃蟹 | 毛蟹 | moo5-he7 |
| ❽ 透抽 | 透抽 | thau3-thiu |

## ⓱ 西式料理

| 中文 | 台灣話 | 台語羅馬拼音 |
| --- | --- | --- |
| 麵包 | 胖（外來語） | phang2 |
| 吐司 | 俗胖（外來語） | siok8-phang2 |
| 法國麵包 | 法國麵包（外來語） | huat4-kok4-mi7-pau |
| 大蒜麵包 | 蒜頭麵包（外來語） | suan3-thau5-mi7-pau |
| 三明治 | 三明治（外來語） | sann-bing5-ti7 |
| 漢堡 | 漢堡（外來語） | han3-po2 |
| 火腿 | 哈姆（外來語） | ha-mu |
| 香腸 | 胭腸 | ian-chiang5 |
| 荷包蛋 | 蛋包 | nng7-pau |
| 水煮蛋 | 白蛋 | peh8-nng7 |
| 炒蛋 | 炒蛋 | cha2-nng7 |
| 起司 | 起司（外來語） | chi-su |
| 果醬 | 莓 | jiam2 |
| 花生醬 | 土豆醬 | thoo5-tau7-ciunn3 |
| 蕃茄醬 | 通嘛鬥醬 | thoo-ma-tooh-ciunn3 |
| 玉米濃湯 | 番麥湯 | fan-bi2-thng |
| 羅宋湯 | 羅宋湯（外來語） | lo5-song3-thng |
| 洋蔥湯 | 蔥頭湯 | chang-thau5-thng |
| 牛尾湯 | 牛尾湯 | gu5-bue2-thng |

| 中文 | 台灣話 | 台語羅馬拼音 |
|---|---|---|
| 義大利麵 | 義大利麵（外來語） | gi-ta-li-mi7 |
| 焗海鮮麵 | 焗海鮮麵 | kok4-hai2-sian-mi7 |
| 生菜沙拉 | 生菜沙拉 | sing-chai3-sa-la |
| 沙拉醬 | 沙拉醬 | sa-la-ciunn2 |
| 沙朗牛排 | 沙朗牛排（外來語） | sa-long-gu5-pai5 |
| 菲力牛排 | 菲力牛排（外來語） | hui-li-gu5-pai5 |
| 丁骨牛排 | 丁骨牛排（外來語） | ting-kut4-gu5-pai5 |
| 調味醬 | 調味醬 | tiau5-bi7-ciunn2 |
| 黑胡椒醬 | 胡椒醬 | hoo5-cio-ciunn2 |
| 蘑菇醬 | 蘑菇醬 | moo5-koo-ciunn2 |
| 烤乳豬 | 烘豬仔 | hang-ti-a2 |
| 鹹鮭魚 | 鹹鰱魚 | kiam5-lian5-hi5 |

## 30 秒記住這個說法！

### 國王的餐桌

| 中文 | 台灣話 | 台語羅馬拼音 |
| --- | --- | --- |
| ❶ 麵包 | 胖（外來語） | phang2 |
| ❷ 吐司 | 俗胖（外來語） | siok8-phang2 |
| ❸ 三明治 | 三明治（外來語） | sann-bing5-ti7 |
| ❹ 漢堡 | 漢堡（外來語） | han3-po2 |
| ❺ 火腿 | 哈姆（外來語） | ha-mu |
| ❻ 荷包蛋 | 蛋包 | nng7-pau |
| ❼ 花生醬 | 土豆醬 | thoo5-tau7-ciunn3 |
| ❽ 蕃茄醬 | 通嘛鬥醬 | thoo-ma-tooh-ciunn3 |
| ❾ 玉米濃湯 | 番麥湯 | fan-bi2-thng |
| ❿ 洋蔥湯 | 蔥頭湯 | chang-thau5-thng |

## ⓲ 日式料理

MP3-77

| 中文 | 台灣話 | 台語羅馬拼音 |
| --- | --- | --- |
| 生魚片 | 沙西米（外來語） | sa-si-mih4 |
| 壽司 | 酥西（外來語） | su-si |
| 豆皮壽司 | 豆皮酥西 | tau7-phue5-su-si |
| 海苔壽司 | 海苔酥西 | hai2-tai5-su-si |
| 蛋皮壽司 | 卵皮酥西 | nng7-phue5-su-si |
| 味噌拉麵 | 米收拉麵 | mi-so-la-bian7 |
| 烏龍麵 | 烏龍麵 | oo-liong5-mi7 |
| 蕎麥麵 | 蕎麥麵 | kio5-beh8-mi7 |
| 鰻魚飯 | 鰻魚飯 | mua5-hi5-png7 |
| 蒸蛋 | 炊卵 | chue-nng7 |

| 中文 | 台灣話 | 台語羅馬拼音 |
|---|---|---|
| 關東煮 | 關東煮 | kuan-tong-cu2 |
| 甜不辣（天婦羅）（日本語） | 甜不辣 | thiam5-put4-lah8 |
| 芥末 | 哇沙米（日本語） | ua-sa-bi |

## ⑲ 西點

| 中文 | 台灣話 | 台語羅馬拼音 |
|---|---|---|
| 奶油蛋糕 | 嘛搭雞卵糕 | ba-tah4-ke-nng7-ko |
| 起司蛋糕 | 起司蛋糕 | chi-su-ke-nng7-ko |
| 巧克力蛋糕 | 巧克力蛋糕 | cho-ko-le-ke-nng7-ko |
| 慕斯 | 慕斯（外來語） | mu-su |
| 甜甜圈 | 油箍餅 | iu5-khoo-piann2 |
| 紅豆糕 | 紅豆糕 | ang5-tau7-ko |
| 手工餅乾 | 手工餅乾 | chiu2-kang-piann2 |
| 鹹餅乾 | 鹹餅 | kiam5-piann2 |
| 甜餅乾 | 甜餅 | tinn-piann2 |
| 爆米香 | 磅米芳 | pong7-bi2-phang |
| 巧克力 | 巧克力多（日本語） | cho-ko-le-to |
| 水果糖 | 水果糖 | cui2-ko2-thng5 |
| 花生糖 | 土豆糖 | thoo5-tau7-thng5 |
| 冰淇淋 | 冰糕 | ping-ko |
| 香草冰淇淋 | 香草冰糕 | hiong-chau2-ping-ko |
| 草莓冰淇淋 | 草莓冰糕 | chau2-mue5-ping-ko |
| 蒟蒻 | 蒟蒻 | ki-jiok8 |

PART 2 單字篇

## 甜蜜的下午茶時間

| ❶ | ❷ | ❸ |
|---|---|---|
| | | |
| ❹ | ❺ | ❻ |
| | | |

| | | |
|---|---|---|
| ❶ 奶油蛋糕 | 嘛搭雞卵糕 | ba-tah4-ke-nng7-ko |
| ❷ 甜甜圈 | 油箍餅 | iu5-khoo-piann2 |
| ❸ 爆米香 | 磅米芳 | pong7-bi2-phang |
| ❹ 巧克力 | 巧克力多（日本語） | cho-ko-le-to |
| ❺ 花生糖 | 土豆糖 | thoo5-tau7-thng5 |
| ❻ 冰淇淋 | 冰糕 | ping-ko |

## ⓴ 飲料

MP3-79

| 中文 | 台灣話 | 台語羅馬拼音 |
|---|---|---|
| 白開水 | 白滾水 | peh8-kun2-cui2 |
| 礦泉水 | 礦泉水 | khong3-cuann5-cui2 |
| 熱水 | 燒水 | sio-cui2 |
| 冰水 | 冰水 | ping-cui2 |
| 溫水 | 溫水 | un-cui2 |

| 中文 | 台灣話 | 台語羅馬拼音 |
|---|---|---|
| 豆漿 | 豆奶 | tau7-ling |
| 米漿 | 米奶 | bi2-ling |
| 紅茶 | 紅茶 | ang5-te5 |
| 綠茶 | 綠茶 | lik8-te5 |
| 凍頂烏龍茶 | 凍頂烏龍茶 | tong-ting2-oo-liong5-te5 |
| 包種茶 | 包種茶 | pau-chiong2-te5 |
| 龍井茶 | 龍井茶 | liong5-cinn2-te5 |
| 香片 | 香片 | hiong-phinn3 |
| 東方美人茶<br>（膨風茶） | 東方美人茶<br>（膨風茶） | tong-hong-bi2-jin5-te5<br>(phng2-fng-te5) |
| 鐵觀音 | 鐵觀音 | thih4-kuan-im |
| 福鹿茶 | 福鹿茶 | hok4-lok8-te5 |
| 奶茶 | 奶茶 | ni-te5 |
| 珍珠奶茶 | 珍珠奶茶 | cin-cu-ni-te5 |
| 青草茶 | 青草茶 | chenn-chau2-te5 |
| 苦茶 | 苦茶 | khoo2-te5 |
| 菊花普洱茶 | 菊花普洱茶 | kiok4-hue-phoo2-ni2-te5 |
| 紅棗桂圓茶 | 紅棗福肉茶 | ang5-co2-hok4-bah4-te5 |
| 冬瓜茶 | 冬瓜茶 | tang-kue-te5 |
| 麥茶 | 麥仔茶 | beh8-a2-te5 |
| 洛神花茶 | 洛神花茶 | lok8-sin5-hue-te5 |
| 薑湯 | 薑湯 | kiunn-thng |
| 酸梅湯 | 酸梅汁 | sng-mui5-ciap4 |
| 咖啡 | 咖啡 | ka-pi |

| 中文 | 台灣話 | 台語羅馬拼音 |
|---|---|---|
| 可樂 | 可樂 | kho2-la3 |
| 汽水 | 汽水 | khi3-cui2 |
| 彈珠汽水 | 拉不賴（日本語） | la-bu-lai |
| 沙士（外來語） | 沙士 | sa-su |
| 冰咖啡 | 冰咖啡 | ping-ka-pi |
| 熱咖啡 | 燒咖啡 | sio-ka-pi |
| 養樂多 | 養樂多（直譯） | ionn2-lok8-to |
| 牛奶 | 牛奶 | gu5-ling |

## 30 秒記住這個說法！

### 清涼解渴飲料篇

| ❶ 白開水 | 白滾水 | peh8-kun2-cui2 |
|---|---|---|
| ❷ 苦茶 | 苦茶 | khoo2-te5 |
| ❸ 紅棗桂圓茶 | 紅棗福肉茶 | ang5-co2-hok4-bah4-te5 |
| ❹ 麥茶 | 麥仔茶 | beh8-a2-te5 |
| ❺ 酸梅湯 | 酸梅汁 | sng-mui5-ciap4 |

## ㉑ 果汁類

| 中文 | 台灣話 | 台語羅馬拼音 |
| --- | --- | --- |
| 蘋果汁 | 椪果汁 | phong7-ko2-ciap4 |
| 西瓜汁 | 西瓜汁 | si-kue-ciap4 |
| 柳橙汁 | 柳丁汁 | liu2-ting-ciap4 |
| 葡萄汁 | 葡萄汁 | pho5-to5-ciap4 |
| 檸檬汁 | 檸檬汁 | le5-bong2-ciap4 |
| 楊桃汁 | 楊桃汁 | iunn5-to5-ciap4 |
| 甘蔗汁 | 甘蔗汁 | kam-cia3-ciap4 |
| 芭樂汁 | 芭樂汁 | pat8-a2-ciap4 |
| 金桔檸檬汁 | 金桔檸檬汁 | kim-kiat4-le5-bong2-ciap4 |
| 木瓜牛奶 | 木瓜牛奶 | bok8-kue-gu5-ling |

## ㉒ 酒類

| 中文 | 台灣話 | 台語羅馬拼音 |
| --- | --- | --- |
| 米酒 | 米酒 | bi2-ciu2 |
| 高粱酒 | 高粱酒 | ko-liong5-ciu2 |
| 紹興酒 | 紹興酒 | siau7-hing-ciu2 |
| 啤酒 | 麥仔酒（啤露，日本語） | beh8-a2-ciu2(bi-lu) |
| 葡萄酒 | 葡萄酒 | pho5-to5-ciu2 |
| 梅酒 | 梅酒 | mui5-ciu2 |
| 威士忌 | 威士忌（外來語） | ui-su7-ki7 |
| 白蘭地 | 白蘭地（外來語） | peh8-lan5-te7 |
| 伏特加 | 伏特加（外來語） | hok8-tik8-ka |
| 琴酒 | 琴酒（外來語） | khim5-ciu2 |

| 中文 | 台灣話 | 台語羅馬拼音 |
|---|---|---|
| 香檳 | 香檳 | siong-pin |
| 雞尾酒 | 雞尾酒 | ke-bue2-ciu2 |
| 水果酒 | 水果酒 | cui2-ko-ciu2 |
| 清酒 | 沙客（日本語） | sa-ke |

## ㉓ 烹飪

MP3-82

| 中文 | 台灣話 | 台語羅馬拼音 |
|---|---|---|
| 買菜 | 買菜 | be2-chai3 |
| 菜籃 | 菜籃仔 | chai3-na5-a2 |
| 洗米 | 洗米 | se2-bi2 |
| 煮飯 | 煮飯 | cu2-png7 |
| 洗菜 | 洗菜 | se2-chai3 |
| 菜刀 | 菜刀 | chai3-to |
| 切菜 | 切菜 | chiat4-chai3 |
| 砧板 | 砧 | tiam |
| 熬湯 | 群湯 | kun5-thng |

## ㉔ 推薦餐館

MP3-83

| 中文 | 台灣話 | 台語羅馬拼音 |
|---|---|---|
| 福華雲采廳 | 福華雲采廳 | Hok4-hua5-hun5-chai2-thiann |
| 鼎泰豐 | 鼎泰豐 | tiann2-thai3-hong |
| 王品台塑牛排 | 王品台塑牛排 | ong5-phin2-tai5-sok4-gu5-pai5 |
| 京兆尹 | 京兆尹 | king-tiau7-un2 |
| 主婦之友 | 主婦之友 | cu2-hu7-ci-iu2 |

| 中文 | 台灣話 | 台語羅馬拼音 |
|---|---|---|
| 台南擔仔麵海鮮餐廳 | 台南擔仔麵海鮮餐廳 | tai5-lam5-tann-a2-mi7-hai2-sian-chan-thiann |
| 苦茶之家 | 苦茶之家 | khoo2-te5-ci-ka |
| 阿宗麵線 | 阿宗麵線 | a-cong-mi7-suann3 |
| 鴨肉扁 | 鴨肉扁 | ah4-bah4-pinn2 |
| 鬍鬚張魯肉飯 | 鬍鬚張魯肉飯 | hoo5-chiu-tiunn-loo2-bah4-png7 |

## ㉕ 名牌美食　　　　　　　　　MP3-84

| 中文 | 台灣話 | 台語羅馬拼音 |
|---|---|---|
| 郭元益糕餅 | 郭元益糕餅 | kueh4-guan5-ik4-ko-piann2 |
| 義美食品 | 義美食品 | gi7-bi2-sit8-phin2 |
| 元祖麻糬 | 元祖麻糬 | guan5-co2-mua5-ci5 |
| 雪餅 | 雪餅 | suat4-piann2 |
| 三協成餅店（淡水） | 三協成餅店（淡水） | sann-hiap8-chiann5-piann2-tiam3(tam7-cui2) |
| 李鵠餅店（基隆） | 李仔鵠餅店（基隆） | li2-a2-hoo5-piann2-tiam3(ke-lang5) |
| 犁記餅店（台中） | 犁記餅店（台中） | le5-ki3-piann2-tiam3(tai5-tiong) |
| 雪花齋餅店（豐原） | 雪花齋餅店（豐原） | suat4-hue-cai-piann2-tiam3(hong-guan5) |
| 玉珍齋餅店（鹿港） | 玉珍齋餅店（鹿港） | giok8-tin-cai-piann2-tiam3(lok8-kang2) |
| 新東陽肉品 | 新東陽肉品 | sin-tong-iunn5-bah4-phin2 |
| 黑橋牌香腸 | 烏橋牌胭腸 | oo-kio5-pai5-ian-chiang5 |
| 老天祿滷味 | 老天祿滷味 | lau7-thian-lok8-loo2-bi7 |

# 第三章

# 玩在台灣

　　美麗的福爾摩沙，有自然的美景，充滿地方特色、人文傳統的景點，值得遊人細細品味。邊玩邊品嚐各地小吃，別忘了買些名產當伴手。

## ❶ 文化之旅　　　　　　　　　　　　MP3-85

| 中文 | 台灣話 | 台語羅馬拼音 |
| --- | --- | --- |
| 故宮博物院 | 故宮博物院 | koo3-kiong-phok4-but8-inn7 |
| 歷史博物館 | 歷史博物館 | lik8-su2-phok4-but8-kuan2 |
| 國父紀念館 | 國父紀念館 | kok4-hu7-ki2-liam7-kuan2 |
| 台北市立美術館 | 台北市立美術館 | tai5-pak4-chi7-lip8-bi2-sut8-kuan2 |
| 科學教育館 | 科學教育館 | kho-hak8-kau3-iok8-kuan2 |
| 藝術教育館 | 藝術教育館 | ge7-sut8-kau3-iok8-kuan2 |
| 社會教育館 | 社會教育館 | sia7-hue7-kau3-iok8-kuan2 |
| 國家圖書館 | 國家圖書館 | kok4-ka-too5-su-kuan2 |
| 國家音樂廳 | 國家音樂廳 | kok4-ka-im-gak8-thiann |
| 國家劇院 | 國家劇院 | kok4-ka-kiok8-inn7 |
| 鴻禧美術館 | 鴻禧美術館 | hong5-hi2-bi2-sut8-kuan2 |
| 朱銘美術館 | 朱銘美術館 | cu-bing5-bi2-sut8-kuan2 |
| 北投民俗文物館 | 北投民俗文物館 | pak4-tau5-bin5-siok8-bun5-but8-kuan2 |

| 中文 | 台灣話 | 台語羅馬拼音 |
|---|---|---|
| 中山堂 | 中山堂 | tiong-sann-tng5 |
| 郵政博物館 | 郵政博物館 | iu5-ceng3-phok4-but8-kuan2 |
| 溫泉博物館 | 溫泉博物館 | un-cuann5-phok4-but8-kuan2 |
| 兒童交通博物館 | 兒童交通博物館 | ji5-thong5-kau-thong-phok4-but8-kuan2 |
| 自來水博物館 | 自來水博物館 | cu7-lai5-cui2-phok4-but8-kuan2 |
| 天文台 | 天文台 | thian-bun5-tai5 |
| 坪林茶葉博物館 | 坪林茶葉博物館 | penn5-na5-te5-hioh8-phok4-but8-kuan2 |
| 三義木雕博物館 | 三義木雕博物館 | sam-gi7-bok8-tiau-phok4-but8-kuan2 |

## ❷ 歷史之旅　　　　　　　　　　MP3-86

### 1 台北

| 中文 | 台灣話 | 台語羅馬拼音 |
|---|---|---|
| 台北府城承恩門（北門） | 台北府城承恩門（北門） | tai5-pak4-hu2-siann5-sing5-un-mng5(pak4-mng5) |
| 龍山寺 | 龍山寺 | liong5-san-si7 |
| 紅毛城 | 紅毛城 | ang5-mng5-siann5 |
| 淡水砲台 | 淡水砲台 | tam7-cui2-phau3-tai5 |
| 林家花園 | 林家花園 | lim5-ka-hue-hng5 |
| 保安宮 | 保安宮 | po2-an-kiong |
| 霞海城隍廟 | 霞海城隍廟 | ha5-hai2-siann-hong5-bio7 |

| 中文 | 台灣話 | 台語羅馬拼音 |
| --- | --- | --- |
| 三峽老街 | 三峽老街 | sam-kiap4-lau2-ke |
| 行天宮 | 行天宮 | hing5-thian-kiong |
| 孔廟 | 孔廟 | khong-bio7 |
| 林安泰古厝 | 林安泰古厝 | lim5-an-thai3-koo2-chu3 |
| 指南宮 | 指南宮 | ci2-lam5-kiong |
| 三峽祖師廟 | 三峽祖師廟 | sam-kiap4-coo2-su-bio7 |

## 2 其他

MP3-87

| 中文 | 台灣話 | 台語羅馬拼音 |
| --- | --- | --- |
| 大溪老街 | 大溪老街 | tai7-khe-lau2-ke |
| 安平古堡 | 安平古堡 | an-ping5-koo2-po2 |
| 億載金城 | 億載金城 | ik4-cai3-kim-siann5 |

## ❸ 自然之旅

MP3-88

| 中文 | 台灣話 | 台語羅馬拼音 |
| --- | --- | --- |
| 淡水 | 淡水 | tam7-cui2 |
| 陽明山 | 陽明山 | long5-beng5-san |
| 竹子湖 | 竹仔湖 | tik4-a2-oo5 |
| 馬槽溫泉 | 馬槽溫泉 | be2-co5-un-cuann5 |
| 擎天岡 | 擎天崗 | khing5-thian-kong |
| 烏來 | 烏來 | u-lai |
| 十分瀑布 | 十分水沖 | chap8-hun7-cui2-chiang5 |
| 草嶺古道 | 草嶺古道 | chau2-nia2-koo2-to7 |

| 中文 | 台灣話 | 台語羅馬拼音 |
|------|--------|--------------|
| 玉山 | 玉山 | gGiok8-san |
| 阿里山 | 阿里山 | a-li2-san |
| 太平山 | 太平山 | thai3-ping5-san |
| 日月潭 | 日月潭 | jit8-gueh8-tham5 |
| 綠島 | 綠島 | lik8-to2 |
| 澎湖 | 澎湖 | phenn5-oo5 |
| 野柳 | 野柳 | ia2-liu2 |
| 墾丁 | 墾丁 | khun2-ting |
| 太魯閣 | 太魯閣 | thai3-loo2-koh4 |
| 知本溫泉 | 知本溫泉 | ti-pun2-un-cuann5 |
| 花蓮 | 花蓮 | hua-lian5 |
| 清水斷崖 | 清水斷崖 | ching-cui2-tuan3-gai5 |
| 台東 | 台東 | tai5-tang |
| 溪頭 | 溪頭 | khe-thau5 |
| 九份 | 九份 | kau2-hun7 |
| 澄清湖 | 澄清湖 | ting5-ching-oo5 |
| 月世界 | 月世界 | gueh8-se3-kai3 |
| 白沙灣 | 白沙灣 | peh8-sua-uan |
| 翡翠灣 | 翡翠灣 | hui7-chui3-uan |
| 龜山島 | 龜山島 | ku-suann-to2 |
| 廬山溫泉 | 廬山溫泉 | loo5-san-un-cuann5 |

# ❹ 主題樂園

## 1 台北

| 中文 | 台灣話 | 台語羅馬拼音 |
|---|---|---|
| 中正紀念堂 | 中正紀念堂 | tiong-cing3-ki2-liam7-tng5 |
| 青年公園 | 青年公園 | ching-lian5-kong-hng5 |
| 大安森林公園 | 大安森林公園 | tua7-an-sim-lim5-kong-hng5 |
| 二二八和平紀念公園 | 二二八和平紀念公園 | ji7-ji7-peh4-ho5-ping5-ki2-liam7-kong-hng5 |
| 台北市立動物園 | 台北市立動物園 | tai5-pak4-chi7-lip8-tong7-but8-hng5 |
| 植物園 | 植物園 | ti3-but8-hng5 |
| 八仙樂園 | 八仙樂園 | pat4-sian-lok8-hng5 |
| 雲仙樂園 | 雲仙樂園 | hun5-sian-lok8-hng5 |
| 林口度假村 | 林口度假村 | na5-khau2-too7-ka2-chun |
| 長城溪遊樂區 | 長城溪遊樂區 | tiong5-siann5-khe-iu5-lok8-khu |
| 野柳海洋世界 | 野柳海洋世界 | ia2-liu2-hai2-iunn5-se3-kai3 |
| 台北海洋生活館 | 台北海洋生活館 | tai5-pak4-hai2-iunn5-senn-uah8-kuan2 |
| 中影文化城 | 中影文化城 | tiong-iann2-bun5-hua3-siann5 |
| 湖山原野樂園 | 湖山原野樂園 | oo5-san-guan5-ia2-lok8-hng5 |
| 達樂花園 | 達樂花園 | tat8-lok8-hue-hng5 |
| 滿月圓森林遊樂區 | 滿月圓森林遊樂區 | buan2-gueh8-inn5-sim-lim5-iu5-lok8-khu |
| 明德樂園 | 明德樂園 | bing5-tik4-lok8-hng5 |

| 中文 | 台灣話 | 台語羅馬拼音 |
| --- | --- | --- |
| **石門水庫** | 石門水庫 | cioh8-mng5-cui2-khoo3 |
| **福隆海水浴場** | 福隆海水浴場 | hok4-liong5-hai2-cui2-ik8-tiunn5 |

### 2 宜蘭

MP3-90

| 中文 | 台灣話 | 台語羅馬拼音 |
| --- | --- | --- |
| **太平山森林遊樂區** | 太平山森林遊樂區 | thai3-ping5-san-sim-lim5-iu5-lok8-khu |
| **棲蘭森林遊樂區** | 棲蘭森林遊樂區 | che-lan5-sim-lim5-iu5-lok8-khu |
| **明池森林遊樂區** | 明池森林遊樂區 | bing5-ti5-sim-lim5-iu5-lok8-khu |
| **上新花園** | 上新花園 | siong7-sin-hue-hng5 |

### 3 桃園

MP3-91

| 中文 | 台灣話 | 台語羅馬拼音 |
| --- | --- | --- |
| **亞洲樂園** | 亞洲樂園 | a-ciu-lok8-hng5 |
| **小人國** | 小人國 | sio2-lang5-kok4 |
| **龍珠灣樂園** | 龍珠灣樂園 | liong5-cu-uan-lok8-hng5 |
| **龍溪花園** | 龍溪花園 | liong5-khe-hue-hng5 |
| **尋夢谷森林樂園** | 尋夢谷森林樂園 | sim5-bang7-kok4-sim-lim5-lok8-hng5 |
| **達觀山自然保護區** | 達觀山自然保護區 | tat8-kuan-san-cu7-jian5-po2-hoo7-khu |
| **埔心牧場** | 埔心牧場 | poo-sim-bok8-tiunn5 |

### 4 新竹

MP3-92

| 中文 | 台灣話 | 台語羅馬拼音 |
| --- | --- | --- |
| **六福村主題遊樂園** | 六福村主題遊樂園 | lak8-hok4-chun-cu2-te5-iu5-lok8-hng5 |

| 中文 | 台灣話 | 台語羅馬拼音 |
| --- | --- | --- |
| 小叮噹科學遊樂區 | 小叮噹科學遊樂區 | sio2-ting-tong-kho-hak8-iu5-lok8-khu |
| 金鳥海族樂園 | 金鳥海族樂園 | kim-niau2-hai2-cok8-lok8-hng5 |
| 五峰渡假村 | 五峰渡假村 | goo7-hong-too7-ka2-chun |
| 大聖遊樂世界 | 大聖遊樂世界 | tai7-sing3-iu5-lok8-se3-kai3 |
| 古奇峰育樂園 | 古奇峰育樂園 | koo2-ki5-hong-iok8-lok8-hng5 |
| 觀霧森林遊樂區 | 觀霧森林遊樂區 | kuan-bu7-sim-lim5-iu5-lok8-khu |
| 萬瑞森林樂園 | 萬瑞森林樂園 | ban7-sui7-sim-lim5-lok8-hng5 |

## 5 台中 MP3-93

| 中文 | 台灣話 | 台語羅馬拼音 |
| --- | --- | --- |
| 東勢林場 | 東勢林場 | tang-si3-lim5-tiunn5 |
| 武陵農場 | 武陵農場 | bu2-ling5-long5-tiunn5 |
| 月眉育樂世界<br>（馬拉灣） | 月眉育樂世界<br>（馬拉灣） | guat8-bai5-iok8-lok8-se3-kai3<br>(be2-la-uan) |
| 八仙山森林遊樂區 | 八仙山森林遊樂區 | pat4-sian-san-sim-lim5-iu5-lok8-khu |
| 大雪山森林遊樂區 | 大雪山森林遊樂區 | tua7-suat4-san-sim-lim5-iu5-lok8-khu |
| 后里馬場 | 后里馬場 | au7-li2-be2-tiunn5 |
| 亞哥花園 | 亞哥花園 | a-ko-hue-hng5 |

## 6 南投 MP3-94

| 中文 | 台灣話 | 台語羅馬拼音 |
| --- | --- | --- |
| 九族文化村 | 九族文化村 | kiu2-cok8-bun5-hua3-chun |

| 中文 | 台灣話 | 台語羅馬拼音 |
|---|---|---|
| 合歡山森林遊樂區 | 合歡山森林遊樂區 | hap8-huan-san-sim-lim5-iu5-lok8-khu |
| 溪頭森林遊樂區 | 溪頭森林遊樂區 | khe-thau5-sim-lim5-iu5-lok8-khu |
| 杉林溪森林遊樂區 | 杉林溪森林遊樂區 | sam-lim5-khe-sim-lim5-iu5-lok8-khu |
| 奧萬大森林遊樂區 | 奧萬大森林遊樂區 | o3-ban7-tai7-sim-lim5-iu5-lok8-khu |
| 惠蓀林場 | 惠蓀林場 | hui7-sun-lim5-tiunn5 |
| 清境農場 | 清境農場 | ching-king2-long5-tiunn5 |

## 7 雲林

MP3-95

| 中文 | 台灣話 | 台語羅馬拼音 |
|---|---|---|
| 劍湖山遊樂世界 | 劍湖山遊樂世界 | kiam3-oo5-suann-iu5-lok8-se3-kai3 |
| 草嶺風景區 | 草嶺風景區 | chau2-nia2-hong-king2-khu |
| 石壁風景區 | 石壁風景區 | cioh8-piah4-hong-king2-khu |

## 8 嘉義

MP3-96

| 中文 | 台灣話 | 台語羅馬拼音 |
|---|---|---|
| 阿里山森林遊樂區 | 阿里山森林遊樂區 | a-li2-san-sim-lim5-iu5-lok8-khu |
| 奮起湖風景區 | 奮起湖風景區 | hun3-khi2-oo5-hong-king2-khu |
| 太平風景區 | 太平風景區 | thai3-ping5-hong-king2-khu |
| 豐山風景區 | 豐山風景區 | hong-suann-hong-king2-khu |
| 瑞里風景區 | 瑞里風景區 | sui7-li2-hong-king2-khu |

### 9 高雄

MP3-97

| 中文 | 台灣話 | 台語羅馬拼音 |
| --- | --- | --- |
| 扇平森林遊樂區 | 扇平森林遊樂區 | sian3-ping5-sim-lim5-iu5-lok8-khu |
| 藤枝森林遊樂區 | 藤枝森林遊樂區 | tin5-ki-sim-lim5-iu5-lok8-khu |
| 布魯樂谷 | 布魯樂谷 | pu3-lu2-lok8-kok4 |

### 10 屏東

MP3-98

| 中文 | 台灣話 | 台語羅馬拼音 |
| --- | --- | --- |
| 墾丁森林遊樂區 | 墾丁森林遊樂區 | khun2-ting-sim-lim5-iu5-lok8-khu |
| 雙流森林遊樂區 | 雙流森林遊樂區 | siang-liu5-sim-lim5-iu5-lok8-khu |

### 11 花蓮

MP3-99

| 中文 | 台灣話 | 台語羅馬拼音 |
| --- | --- | --- |
| 富源森林遊樂區 | 富源森林遊樂區 | hu3-guan5-sim-lim5-iu5-lok8-khu |
| 池南森林遊樂區 | 池南森林遊樂區 | ti5-lam5 sim-lim5-iu5-lok8-khu |

### 12 台東

MP3-100

| 中文 | 台灣話 | 台語羅馬拼音 |
| --- | --- | --- |
| 知本森林遊樂區 | 知本森林遊樂區 | ti-pun2-sim-lim5-iu5-lok8-khu |

## ❺ 熱門景點

MP3-101

| 中文 | 台灣話 | 台語羅馬拼音 |
| --- | --- | --- |
| 世貿中心 | 世貿中心 | se3-boo7-tiong-sim |
| 建國花市 | 建國花市 | kian3-kok4-hue-chi7 |
| 建國玉市 | 建國玉市 | kian3-kok4-gik8-chi7 |
| 觀光夜市 | 觀光夜市 | kuan-kong-ia7-chi7 |

| 中文 | 台灣話 | 台語羅馬拼音 |
|------|--------|------------|
| 士林夜市 | 士林夜市 | su7-lim5-ia7-chi7 |
| 基隆廟口夜市 | 基隆廟口夜市 | ke-lang5-bio7-khau2-ia7-chi7 |
| 華西街夜市 | 華西街夜市 | hua5-se-ke-ia7-chi7 |
| 通化街夜市 | 通化街夜市 | thong7-hua3-ke-ia7-chi7 |
| 饒河街夜市 | 饒河街夜市 | jiau5-ho5-ke-ia7-chi7 |
| 遼寧街夜市 | 遼寧街夜市 | liau5-ling5-ke-ia7-chi7 |
| 景美夜市 | 景美夜市 | king2-bi2-ia7-chi7 |
| 板橋南雅夜市 | 板橋南雅夜市 | pang2-kio5-lam5-nga2-ia7-chi7 |
| 中和興南夜市 | 中和興南夜市 | tiong-ho5-hin-lam5-ia7-chi7 |
| 新莊夜市 | 新莊夜市 | sin-cng-ia7-chi7 |
| 新竹城隍廟夜市 | 新竹城隍廟夜市 | sin-tik4-siann5-hong5-bio7-ia7-chi7 |
| 台中逢甲夜市 | 台中逢甲夜市 | tai5-tiong-hong5-kah-ia7-chi7 |
| 台南小北夜市 | 台南小北夜市 | tai5-lam5-sio2-pak4-ia7-chi7 |
| 高雄六合夜市 | 高雄六合夜市 | ko-hiong5-liok8-hap8-ia7-chi7 |
| 宜蘭羅東夜市 | 宜蘭羅東夜市 | gi5-lan5-lo5-tong-ia7-chi7 |
| 觀光茶園 | 觀光茶園 | kuan-kong-te5-hng5 |
| 觀光果園 | 觀光果園 | kuan-kong-ko-hng5 |
| 觀光魚市 | 觀光魚市 | kuan-kong-hi5-chi7 |
| 富基魚港 | 富基魚港 | hu3-ki-hi5-kang2 |
| 碧砂魚港 | 碧砂魚港 | phik4-sua-hi5-kang2 |
| 淡水紅樹林 | 淡水紅樹林 | tam7-cui2-ang5-chiu7-na5 |
| 光華商場 | 光華商場 | kong-hua5 siong-tiunn5 |
| 慈濟靜思精舍 | 慈濟靜思精舍 | cu5-ce3-cing7-su-cing-sia3 |
| 佛光山 | 佛光山 | hut8-kong-san |
| 中台禪寺 | 中台禪寺 | tiong-tai5-sian5-si7 |

# ❻ 台北市街道名

| 中文 | 台灣話 | 台語羅馬拼音 |
|------|--------|--------------|
| 忠孝東路 | 忠孝東路 | tiong-hau3-tang-loo7 |
| 忠孝西路 | 忠孝西路 | tiong-hau3-se-loo7 |
| 迪化街 | 迪化街 | tik8-hua3-ke |
| 仁愛路 | 仁愛路 | jin5-ai3-loo7 |
| 信義路 | 信義路 | sin3-gi7-loo7 |
| 南京東路 | 南京東路 | lam5-kiann-tang-loo7 |
| 南京西路 | 南京西路 | lam5-kiann-se-loo7 |
| 中山南路 | 中山南路 | tiong-san-lam5-loo7 |
| 中山北路 | 中山北路 | tiong-san-pak4-loo7 |
| 敦化南路 | 敦化南路 | tun-hua3-lam5-loo7 |
| 敦化北路 | 敦化北路 | tun-hua3-pak4-loo7 |
| 承德路 | 承德路 | seng5-tik4-loo7 |
| 重慶南路 | 重慶南路 | tiong7-khing3-lam5-loo7 |
| 重慶北路 | 重慶北路 | tiong7-khing3-pak4-loo7 |
| 民權東路 | 民權東路 | bin5-khuan5-tang-loo7 |
| 民權西路 | 民權西路 | bin5-khuan5-se-loo7 |
| 新生南路 | 新生南路 | sin-sing-lam5-loo7 |
| 新生北路 | 新生北路 | sin-sihg-pak4-loo7 |
| 長春路 | 長春路 | tiong5-chun-loo7 |
| 民生東路 | 民生東路 | bin5-sing-tang-loo7 |
| 民生北路 | 民生北路 | bin5-sing-pak4-loo7 |
| 博愛路 | 博愛路 | phok4-ai3-loo7 |
| 和平東路 | 和平東路 | hoo5-ping5-tang-loo7 |
| 金山南路 | 金山南路 | kim-san-lam5-loo7 |
| 金山北路 | 金山北路 | kim-san-pak4-loo7 |
| 建國南路 | 建國南路 | kian3-kok4-lam5-loo7 |

| 中文 | 台灣話 | 台語羅馬拼音 |
|------|--------|--------------|
| 建國北路 | 建國北路 | kian3-kok4-pak4-loo7 |
| 復興南路 | 復興南路 | hok4-hing-lam5-loo7 |
| 復興北路 | 復興北路 | hok4-hing-pak4-loo7 |
| 安和路 | 安和路 | an-hoo5-loo7 |

## ❼ 百貨公司、藝品店　　　　　MP3-103

| 中文 | 台灣話 | 台語羅馬拼音 |
|------|--------|--------------|
| 新光三越百貨 | 新光三越百貨 | sin-kong-sam-uat8-pah4-hue3 |
| 太平洋百貨 | 太平洋百貨 | thai3-ping5-iunn5-pek4-hue3 |
| 微風廣場 | 微風廣場 | bi5-hong-kong2-tiunn5 |
| 明曜百貨 | 明曜百貨 | bing5-iau7-pah4-hue3 |
| 大亞百貨 | 大亞百貨 | tua7-a-pah4-hue3 |
| 衣蝶百貨 | 衣蝶百貨 | I-tiap8-pah4-hue3 |
| 統領百貨 | 統領百貨 | thong2-ling2-pah4-hue3 |
| 中興百貨 | 中興百貨 | tiong-hing-pah4-hue3 |
| 環亞百貨 | 環亞百貨 | huan5-a-pah4-hue3 (微風南京) |
| 漢神百貨 | 漢神百貨 | han3-sin5-pah4-hue3 |
| 琉璃工坊 | 琉璃工坊 | liu5-le5-kang-hong |
| 勝大莊 | 勝大莊 | sing3-tua7-cong |

## 地名&特產

| 中文 | 台灣話 | 台語羅馬拼音 |
|------|--------|--------------|
| 深坑 | 深坑 | chim-khenn |
| 豆腐 | 豆腐 | tau7-hu7 |

| 中文 | 台灣話 | 台語羅馬拼音 |
| --- | --- | --- |
| 石碇 | 包種茶 | pau-chiong2-te5 |
| 包種茶 | 石碇 | cioh8-ting7 |
| 烏來 | 烏來 | u-lai |
| 小米麻薯 | 小米麻薯 | sio2-bi2-mua5-ci5 |
| 宜蘭 | 宜蘭 | gi5-lan5 |
| 鴨賞 | 鴨賞 | ah4-sionn2 |
| 膽肝 | 膽肝 | tam2-kuann |
| 金棗糕 | 金棗糕 | kim-co2-ko |
| 金棗糖 | 金棗糖 | kim-co2-thng5 |
| 李子糕 | 李仔糕 | li2-a2-ko |
| 蜜餞 | 鹹酸甜 | kiam5-sng-tinn |
| 蘇澳 | 蘇澳 | soo-o3 |
| 羊羹 | 羊槓 | io5-kang2 |
| 鶯歌 | 鶯歌 | ing-ko |
| 陶瓷 | 陶瓷 | to5-hui5 |
| 龍潭 | 龍潭 | liong5-tham5 |
| 花生糖 | 土豆糖 | thoo5-tau7-thng5 |
| 棲蘭山 | 棲蘭山 | che-lan5-san |
| 猴頭菇 | 猴頭菇 | kau5-thau5-koo |
| 大溪 | 大溪 | tai7-khe |
| 豆干 | 豆干 | tau7-kuann |
| 素雞 | 素雞 | soo3-ke |

| 中文 | 台灣話 | 台語羅馬拼音 |
|------|--------|-------------|
| 素肚 | 素肚 | soo3-too2 |
| 木器 | 木器 | bok8-khi3 |
| 復興鄉 | 復興鄉 | hok4-hing-hiong |
| 鈕釦菇 | 鈕仔菇 | liu2-a2-koo |
| 冬菇 | 冬菇 | tang-koo |
| 達觀山 | 達觀山 | tat8-kuan-san |
| 水蜜桃 | 水蜜桃 | cui2-bit8-tho5 |
| 桂竹筍 | 桂竹筍 | kui3-tik4-sun2 |
| 加州李 | 加州李 | ka-ciu-li2 |
| 關西 | 關西 | kuan-se |
| 仙草 | 仙草 | sian-chau2 |
| 鹹菜 | 鹹菜 | kiam5-chai3 |
| 新竹 | 新竹 | sin-tik4 |
| 米粉 | 米粉 | bi2-hun2 |
| 貢丸 | 貢丸 | kong3-uan5 |
| 新埔 | 新埔 | sin-poo |
| 柿乾 | 柿乾 | khi7-kuann |
| 柿餅 | 柿餅 | khi7-piann2 |
| 大甲 | 大甲 | tua7-kah |
| 草帽 | 草笠仔 | chau2-leh8-a2 |
| 草席 | 草蓆仔 | chau2-chioh8-a2 |
| 坐墊 | 坐墊 | ce7-tiam7 |

| 中文 | 台灣話 | 台語羅馬拼音 |
|---|---|---|
| 手提袋 | 手提袋仔 | chiu2-the5-te7-a2 |
| 三義 | 三義 | sam-gi7 |
| 木雕 | 木雕 | bok8-tiau |
| 豐原 | 豐原 | hong-guan5 |
| 犁記餅店 | 犁記餅店 | le5-ki3-piann2-tiam3 |
| 雪花齋 | 雪花齋 | suat4-hue-cai |
| 埔里 | 埔里 | poo-li2 |
| 紹興酒 | 紹興酒 | siau7-hing-ciu2 |
| 蜂蜜 | 蜂蜜 | phang-bit8 |
| 紅甘蔗 | 紅甘蔗 | ang5-kam-cia3 |
| 竹山 | 竹山 | tik4-san |
| 筍乾 | 筍乾 | sun2-kuann5 |
| 紅薯 | 紅番薯 | ang5-han-ci5 |
| 冬筍餅 | 冬筍餅 | tang-sun2-piann2 |
| 蕃薯餅 | 蕃薯餅 | han-ci5-piann2 |
| 竹籃 | 竹籃 | tik4-na5 |
| 竹席 | 竹蓆 | tik4-chioh8 |
| 鹿谷 | 鹿谷 | lok8-kok4 |
| 凍頂烏龍茶 | 凍頂烏龍茶 | tang3-ting2-oo-liong5-te5 |
| 西螺 | 西螺 | sai-le5 |
| 濁水米 | 濁水米 | lo5-chui2-bi2 |
| 醬油 | 豆油 | tau7-iu5 |

| 中文 | 台灣話 | 台語羅馬拼音 |
|------|--------|--------------|
| 石壁 | 石壁 | chioh8-piah4 |
| 高山茶 | 高山茶 | ko-suann-te5 |
| 苦茶油 | 苦茶油 | khoo2-te5-iu5 |
| 梅山 | 梅山 | mue5-suann |
| 檳榔 | 檳榔 | pin-nng5 |
| 瑞里 | 瑞里 | sui7-li2 |
| 板栗 | 板栗 | pan2-lat8 |
| 百香果 | 百香果 | ah-hiong-ko2 |
| 筍乾 | 筍乾 | sun2-kuann5 |
| 金針 | 金針 | kim-ciam |
| 愛玉子 | 奧蟯子 | oh4-gio5-ci2 |
| 紅肉李 | 紅肉李 | ang5-bah4-li2 |
| 阿里山 | 阿里山 | a-li2-san |
| 山葵 | 山葵 | suann-khue5 |
| 嘉義 | 嘉義 | ka-gi7 |
| 雞肉飯 | 雞肉飯 | ke-bah4-png7 |
| 方塊酥 | 四角酥 | si3-kak4-soo |
| 關廟 | 關廟 | kuan-bio7 |
| 鳳梨 | 旺梨 | ong7-lai5 |
| 玉井 | 玉井 | giok8-cenn2 |
| 芒果 | 樣仔 | suainn7-a2 |
| 官田 | 官田 | kuann-tian7 |

| 中文 | 台灣話 | 台語羅馬拼音 |
|---|---|---|
| 菱角 | 菱角 | ling5-kak4 |
| 白河 | 白河 | peh8-ho5 |
| 蓮花 | 蓮花 | lian5-hue |
| 蓮子 | 蓮子 | lian5-ci2 |
| 甲仙 | 甲仙 | kah4-sian |
| 芋頭 | 芋仔 | oo7-a2 |
| 芋頭冰 | 芋仔冰 | oo7-a2-ping |
| 芋泥酥 | 芋泥酥 | oo7-ni5-soo |
| 美濃 | 美濃 | bi2-long5 |
| 油紙傘 | 油紙傘 | iu5-cua2-suann3 |
| 豬腳 | 豬腳 | ti-kha |
| 旗山 | 旗山 | ki5-san |
| 香蕉 | 弓蕉 | kin-cio |
| 萬巒 | 萬巒 | ban7-luan5 |
| 豬腳 | 豬腳 | ti-kha |
| 墾丁 | 墾丁 | khun2-ting |
| 椰子 | 椰子 | ia5-ci2 |
| 花蓮 | 花蓮 | hua-lian5 |
| 花蓮薯 | 花蓮薯 | hua-lian5-ci5 |
| 花蓮芋 | 花蓮芋 | hua-lian5-oo7 |
| 粟餅 | 粟餅 | lat8-piann2 |
| 玉里 | 玉里 | giok8-li2 |

| 中文 | 台灣話 | 台語羅馬拼音 |
| --- | --- | --- |
| 羊羹 | 羊羹 | io5-kang2 |
| 池上米 | 池上米 | ti5-siong2-bi7 |
| 大理石 | 大理石 | tua7-li2-cioh8 |
| 玫瑰石 | 玫瑰石 | mui5-kui5-cioh8 |
| 蛇紋石 | 蛇紋石 | cua5-bun5-cioh8 |
| 寶石 | 寶石 | po2-cioh8 |
| 台灣玉 | 台灣玉 | tai5-uan5-giok8 |
| 台東 | 台東 | tai5-tang |
| 柴魚 | 柴魚 | cha5-hi5 |
| 釋迦 | 釋迦 | sik4-khia |
| 太麻里金針 | 太麻里金針 | tai7-mua5-li2-kim-ciam |
| 洛神花 | 洛神花 | lok8-sin5-hue |
| 剝皮辣椒 | 剝皮番薑仔 | peh4-phue5-huan-kiunn-a2 |
| 金門 | 金門 | kim-mng5 |
| 高粱酒 | 高粱酒 | ko-liang5-ciu2 |

## ❽ 買紀念品

MP3-104

| 中文 | 台灣話 | 台語羅馬拼音 |
| --- | --- | --- |
| 古董 | 古董 | koo2-tong2 |
| 圖章（印章） | 印仔 | in3-a2 |
| 綢緞 | 綢仔 | tiu5-a2 |
| 刺繡 | 刺繡 | chi3-siu3 |

| 中文 | 台灣話 | 台語羅馬拼音 |
|------|--------|-------------|
| 絲巾 | 絲巾 | si-kin |
| 字畫 | 字畫 | ji7-ue7 |
| 瓷器 | 磁器 | chu5-khi3 |
| 陶器 | 瓷仔 | hui5-a2 |
| 玉器 | 玉器 | giok8-khi3 |
| 木雕 | 木雕 | bok8-tiau |
| 佛像 | 佛像 | hut8-siong7 |
| 牙雕 | 牙雕 | ge5-tiau |
| 石雕 | 石雕 | cioh8-tiau |
| 茶壺 | 茶鈷 | te5-koo2 |
| 印泥 | 印泥 | in3-ni5 |
| 油紙傘 | 油紙傘 | iu5-cua2-suann3 |
| 紙雕（剪紙） | 紙雕 | cua2-tiau |
| 草席 | 草蓆仔 | chau2-chioh8-a2 |
| 草帽 | 草帽仔 | chau2-bo7-a2 |
| 草編手提袋 | 草編籠仔 | chau2-pinn-lok4-a2 |
| 草編坐墊 | 草編坐墊 | chau2-pinn-ce7-tiam7 |
| 籐席 | 籐蓆 | tin5-chioh8 |
| 扇子 | 葵扇 | khue5-sinn3 |
| 竹器 | 竹器 | tik4-khi3 |
| 水晶 | 水晶 | cui2-cing |
| 貓眼石 | 貓眼石 | niau-gan2-chioh8 |

| 中文 | 台灣話 | 台語羅馬拼音 |
|---|---|---|
| 琉璃工藝品 | 琉璃工藝品 | liu5-le5-kang-ge7-phin2 |
| 捏麵人 | 麵翁仔 | mi7-ang-a2 |
| 蝴蝶標本 | 蝴蝶標本 | oo5-tiap8-piau-pun2 |
| 燈籠 | 鼓仔燈 | koo2-a2-ting |
| 香包 | 香芳 | hiunn-phang |

## 30 秒記住這個說法！

### 買特產

| | | | |
|---|---|---|---|
| ❶ 圖章（印章） | 印仔 | in3-a2 |
| ❷ 茶壺 | 茶鈷 | te5-koo2 |
| ❸ 草席 | 草蓆仔 | chau2-chioh8-a2 |
| ❹ 扇子 | 葵扇 | khue5-sinn3 |
| ❺ 捏麵人 | 麵翁仔 | mi7-ang-a2 |
| ❻ 燈籠 | 鼓仔燈 | koo2-a2-ting |

# ❾ 台灣全覽

| 中文 | 台灣話 | 台語羅馬拼音 |
|---|---|---|
| 台北 | 台北 | tai5-pak4 |
| 宜蘭 | 宜蘭 | gi5-lan5 |
| 桃園 | 桃園 | tho5-hng5 |
| 新竹 | 新竹 | sin-tik4 |
| 苗栗 | 苗栗 | biau5-lik4 |
| 台中 | 台中 | tai5-tiong |
| 彰化 | 彰化 | ciong-hua3 |
| 雲林 | 雲林 | hun5-lim5 |
| 南投 | 南投 | lam5-tau5 |
| 嘉義 | 嘉義 | ka-gi7 |
| 台南 | 台南 | tai5-lam5 |
| 高雄 | 高雄 | ko-hiong5 |
| 屏東 | 屏東 | ping5-tang |
| 花蓮 | 花蓮 | hua-lian5 |
| 台東 | 台東 | tai5-tang |
| 金門 | 金門 | kim-mng5 |
| 馬祖 | 馬祖 | ma-coo2 |
| 澎湖 | 澎湖 | phenn5-oo5 |
| 綠島 | 綠島 | lik8-to2 |

## 30 秒記住這個說法！

### 台灣走透透

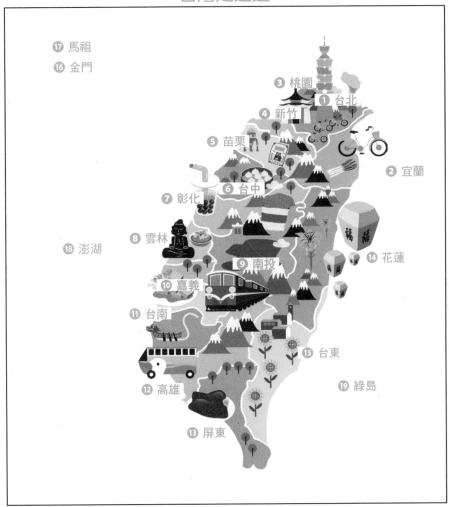

| ❶ 台北 | 台北 | tai5-pak4 |
|---|---|---|
| ❷ 宜蘭 | 宜蘭 | gi5-lan5 |
| ❸ 桃園 | 桃園 | tho5-hng5 |
| ❹ 新竹 | 新竹 | sin-tik4 |

| | | |
|---|---|---|
| ❺ 苗栗 | 苗栗 | biau5-lik4 |
| ❻ 台中 | 台中 | tai5-tiong |
| ❼ 彰化 | 彰化 | ciong-hua3 |
| ❽ 雲林 | 雲林 | hun5-lim5 |
| ❾ 南投 | 南投 | lam5-tau5 |
| ❿ 嘉義 | 嘉義 | ka-gi7 |
| ⓫ 台南 | 台南 | tai5-lam5 |
| ⓬ 高雄 | 高雄 | ko-hiong5 |
| ⓭ 屏東 | 屏東 | ping5-tang |
| ⓮ 花蓮 | 花蓮 | hua-lian5 |
| ⓯ 台東 | 台東 | tai5-tang |
| ⓰ 金門 | 金門 | kim-mng5 |
| ⓱ 馬祖 | 馬祖 | ma-coo2 |
| ⓲ 澎湖 | 澎湖 | phenn5-oo5 |
| ⓳ 綠島 | 綠島 | lik8-to2 |

# 第四章

## 行在台灣

進入現代化的台灣，有便捷的國內外航空；台北的捷運，更是方便旅人。懷念古早風情，就來一趟火車之旅。

## ❶ 搭飛機　　　　　　　　　　　　　　　　　MP3-106

| 中文 | 台灣話 | 台語羅馬拼音 |
| --- | --- | --- |
| 中正機場 | 中正機場 | tiong-cing3-ki-tiunn5（桃園國際機場） |
| 松山機場 | 松山機場 | siong5-san-ki-tiunn5 |
| 小港機場 | 小港機場 | sio2-kang2 ki-tiunn5 |
| 台胞證 | 台胞證 | tai5-pau-cing3 |
| 外僑證 | 外僑證 | gua7-kiau5-cing3 |
| 確認 | 確認 | khak4-jin7 |
| 護照 | 護照 | hoo7-ciau3 |
| 機票 | 機票 | ki-phio3 |
| 來回機票 | 來回機票 | lai5-hue5-ki-phio3 |
| 單程機票 | 單程機票 | tan-thing5-ki-phio3 |
| 候補 | 候補 | hau7-poo2 |
| 頭等艙 | 頭等艙 | thau5-ting2-chng |
| 商務艙 | 商務艙 | siong-bu7-chng |
| 經濟艙 | 經濟艙 | king-ce3-chng |

| 中文 | 台灣話 | 台語羅馬拼音 |
|------|--------|-------------|
| 吸煙座位 | 食薰座位 | ciah8-hun-co7-ui7 |
| 禁煙座位 | 禁薰座位 | kim3-hun-co7-ui7 |
| 走道 | 通道 | thong-to7 |
| 靠窗 | 靠窗仔 | kho3-thang-a2 |
| 登機門 | 登機門 | ting-ki-mng5 |
| 登機證 | 登機證 | ting-ki-cing3 |
| 入境申請 | 入境申請 | jip8-king2-sin-ching2 |
| 簽證 | 簽證 | chiam-cing3 |
| 再入境 | 擱入境 | koh4-jip8-king2 |
| 空中小姐 | 空中小姐 | khong-tiong-sio2-cia2 |
| 空中少爺 | 空中少爺 | khong-tiong-siau3-ia5 |
| 救生衣 | 救生衣 | kiu3-sing-i |
| 緊急出口 | 緊急出口 | kin2-kip4-chut4-khau2 |
| 氧氣罩 | 氧氣罩 | iong2-khi3-tau3 |
| 起飛 | 起飛 | khi2-pue |
| 降落 | 降落 | kang3-loh8 |
| 座位號碼 | 座位號碼 | co7-ui7-ho7-ma2 |
| 暈機 | 暈機 | hun7-ki |
| 嘔吐袋 | 嘔吐袋仔 | au2-thoo3-te7-a2 |
| 不舒服 | 無爽快 | bo5-song2-kuai3 |
| 頭痛藥 | 頭痛藥仔 | thau5-thiann3-ioh8-a2 |
| 胃藥 | 胃藥 | ui7-ioh8 |
| 止痛藥 | 止痛藥 | ci2-thiann3-ioh8 |
| 安全帶 | 安全帶 | an-cuan5-tua3 |
| 繫上 | 繫上 | he7-siong7 |

| 中文 | 台灣話 | 台語羅馬拼音 |
|------|--------|--------------|
| 解開 | 掏開 | thau2-khui |
| 毛毯 | 毛毯 | moo5-than2 |
| 枕頭 | 枕頭 | cim2-thau5 |
| 餐盤 | 餐盤 | chan-puann5 |
| 餐具 | 碗箸 | uann2-ti7 |
| 口渴 | 嘴乾 | chui3-ta |
| 雜誌 | 雜誌 | cap8-ci3 |
| 報紙 | 報紙 | po3-cua2 |
| 撲克牌 | 刻幾邦（日本語） | ke-ci-bang |
| 申報 | 申報 | sin-po3 |
| 外幣 | 外國錢 | gua2-kok4-cinn5 |
| 上廁所 | 去便所 | khi3-pian7-soo2 |
| 洗手間 | 便所（日本語） | pian7-soo2 |
| 使用中 | 使用中 | su2-iong7-tiong |
| 海關 | 海關 | hai2-kuan |
| 機場稅 | 機場稅 | ki-tiunn5-sue3 |
| 行李推車 | 行李推車 | hing5-li2-thui-chia |
| 免稅商品 | 免稅商品 | bian2-sue3-siong-phin2 |
| 導遊 | 導遊 | to7-iu5 |

## ❷ 國際航空公司　　　MP3-107

| 中文 | 台灣話 | 台語羅馬拼音 |
|------|--------|--------------|
| 長榮航空 | 長榮航空 | tiong5-ing5-hang5-khong |
| 中華航空 | 中華航空 | tiong-hua5-hang5-khong |

| 中文 | 台灣話 | 台語羅馬拼音 |
| --- | --- | --- |
| 復興航空 | 復興航空 | hok4-hing-hang5-khong |
| 華信航空 | 華信航空 | hua5-sin3-hang5-khong |
| 國泰航空 | 國泰航空 | kok4-thai3-hang5-khong |
| 日本亞細亞航空 | 日本亞細亞航空 | jit8-pun2-a-se3-a-hang5-khong |
| 港龍航空 | 港龍航空 | kang2-liong5-hang5-khong |
| 澳門航空 | 澳門航空 | o3-mng5-hang5-khong |
| 大韓航空 | 大韓航空 | tua7-han5-hang5-khong |
| 新加坡航空 | 新加坡航空 | sin-ka-pho-hang5-khong |
| 美國航空 | 美國航空 | bi2-kok4-hang5-khong |
| 美國環球航空 | 美國環球航空 | bi2-kok4-khuan5-kiu5-hang5-khong |
| 美國大陸航空 | 美國大陸航空 | bi2-kok4-tai7-liok8-hang5-khong |
| 聯合航空 | 聯合航空 | lian5-hap8-hang5-khong |
| 全美航空 | 全美航空 | cuan5-bi2-hang5-khong |
| 西北航空 | 西北航空 | si-pak4-hang5-khong |
| 達美航空 | 達美航空 | tat8-bi2-hang5-khong |
| 加航太平洋航空 | 加航太平洋航空 | ka-hang5-thai3-ping5-iunn5-hang5-khong |
| 澳洲安捷航空 | 澳洲安捷航空 | o3-ciu-an-ciat8-hang5-khong |
| 澳洲航空 | 澳洲航空 | o3-ciu-hang5-khong |
| 紐西蘭航空 | 紐西蘭航空 | liu2-se-lan5-hang5-khong |

| 中文 | 台灣話 | 台語羅馬拼音 |
| --- | --- | --- |
| 越南太平洋航空 | 越南太平洋航空 | oat8-lam5-thai3-ping5-iunn5-hang5-khong |
| 印尼航空 | 印尼航空 | in3-ni5-hang5-khong |
| 菲律賓航空 | 菲律賓航空 | hui-lit8-pin-hang5-khong |
| 泰國航空 | 泰國航空 | thai3-kok4-hang5-khong |
| 馬來西亞航空 | 馬來西亞航空 | ma2-lai5-se-a-hang5-khong |
| 汶萊航空 | 汶萊航空 | bun5-lai5-hang5-khong |
| 印度航空 | 印度航空 | in3-too7-hang5-khong |
| 法國航空 | 法國航空 | huat4-kok4-hang5-khong |
| 英國航空 | 英國航空 | ing-kok4-hang5-khong |
| 盧森堡航空 | 盧森堡航空 | loo5-sim-po2-hang5-khong |
| 荷蘭航空 | 荷蘭航空 | ho5-lan5-hang5-khong |
| 德國航空 | 德國航空 | tek4-kok4-hang5-khong |
| 瑞士航空 | 瑞士航空 | sui7-su7-hang5-khong |
| 北歐航空 | 北歐航空 | pak4-au-hang5-khong |
| 南非航空 | 南非航空 | lam5-hui-hang5-khong |
| 巴西航空 | 巴西航空 | pa-se-hang5-khong |
| 智利航空 | 智利航空 | ti3-li7-hang5-khong |

# ❸ 坐公車　　　　　　　　　　　　MP3-108

| 中文 | 台灣話 | 台語羅馬拼音 |
| --- | --- | --- |
| 司機 | 司機 | su-ki |

| 中文 | 台灣話 | 台語羅馬拼音 |
| --- | --- | --- |
| 車票 | 車票 | chia-phio3 |
| 候車站 | 候車站 | hau7-chia-cam7 |
| 零錢 | 零星 | lan5-san |
| 買票 | 買票 | be2-phio3 |
| 成人票 | 成人票 | sing5-jin5-phio3 |
| 兒童票 | 囡仔票 | gin2-a2-phio3 |
| 上車投錢 | 上車擴錢 | ciunn7-chia-lok4-cinn5 |
| 下車投錢 | 落車擴錢 | loh8-chia-lok4-chinn5 |
| 座位 | 座位 | co7-ui7 |
| 博愛座 | 博愛座 | phok4-ai3-co7 |
| 上車 | 上車 | ciunn7-chia |
| 下車 | 落車 | loh8-chia |
| 乘客 | 乘客 | sing5-kheh4 |
| 下車鈴 | 落車鈴 | loh8-chia-ling5 |
| 站牌 | 站牌 | cam7-pai5 |
| 停車 | 停車 | thing5-chia |
| 踩煞車 | 踏擋仔 | tah8-tong3-a2 |
| 終點站 | 終點站 | ciong-tiam2-cam7 |
| 區間車 | 區間車 | khu-kan-chia |

| 中文 | 台灣話 | 台語羅馬拼音 |
| --- | --- | --- |
| 計程車 | 計程車 | ke3-thing5-chia |
| 搭乘處 | 搭乘處 | tah4-sing5-chu2 |
| 空車 | 空車 | khong3-chia |
| 共乘 | 共乘 | kiong7-sing5 |
| 起程 | 起程 | khi2-thing5 |
| 目的地 | 目的地 | bok8-tik4-te7 |
| 終點站 | 終點站 | ciong-tiam2-cam7 |
| 地址 | 地址 | te7-ci2 |
| 碼表 | 秒表 | biau2-pio2 |
| 跳表 | 跳表 | thiau3-pio2 |
| 計算方法 | 計算方法 | ke3-sng3-hong-huat4 |
| 基本費 | 基本費 | ki-pun2-hui3 |
| 找錢 | 找錢 | cau7-cinn5 |
| 收據（發票） | 收據（發票） | siu-ku3(huat4-phio3) |
| 前面 | 頭前 | thau5-cing5 |
| 後面 | 後壁 | au7-piah4 |
| 轉彎 | 斡角 | uat4-kak4 |
| 左轉 | 倒斡 | to3-uat4 |
| 右轉 | 正斡 | ciann3-uat4 |
| 爬坡 | 爬坡 | peh4-pho |
| 下坡 | 下坡 | ha7-pho |
| 走過頭 | 行過頭 | kiann5-kue3-thau5 |

| 中文 | 台灣話 | 台語羅馬拼音 |
| --- | --- | --- |
| 遠 | 遠 | hng7 |
| 近 | 近 | kin7 |
| 左 | 倒 | to3 |
| 右 | 正 | ciann3 |
| 遺失 | 遺失 | ui5-sit4 |
| 雨傘 | 雨傘 | hoo7-suann3 |
| 筆記本 | 筆記簿仔 | pit4-ki3-phoo7-a2 |
| 行動電話 | 手機仔 | chiu2-ki-a2 |
| 錢包 | 錢袋子 | cinn5-te7-a2 |
| 十字路口 | 十字路口 | sip8-ji7-loo7-kau2 |
| 馬路 | 馬路（街路） | be2-loo7(ke-loo7) |
| 高速公路 | 高速公路 | ko-sok4-kong-loo7 |
| 快速道路 | 快速道路 | khuai3-sok4-to7-loo7 |
| 高架橋 | 高架橋 | ko-ke3-kio5 |
| 電線桿 | 電火條仔 | tian7-hue2-thiau7-a2 |
| 交通警察 | 交通警察 | kau-thong-king2-chat4 |
| 汽車 | 汽車 | khi2-chia |
| 小轎車 | 小轎車 | sio2-kiau5-chia |
| 摩托車 | 喔多賣（機車） | o-to-bai2 (ki-chia) |
| 腳踏車 | 腳踏車<br>（孔明車）（鐵馬） | kha-tah8-chia<br>(khong2-bing5-chia)(thih4-be2) |
| 消防車 | 消防車 | siau-hong5-chia |

| 中文 | 台灣話 | 台語羅馬拼音 |
|---|---|---|
| 售票處 | 售票處 | siu7-phio3-chu2 |
| 時刻表 | 時刻表 | si5-khik8-piau2 |
| 開船時間 | 開船時間 | khui-cun5-si5-kan |
| 碼頭 | 碼頭 | be2-thau5 |
| 堤防 | 埠岸 | poo-huann7 |
| 燈塔 | 燈塔 | ting-thah4 |
| 上船 | 上船 | ciunn7-cun5 |
| 下船 | 落船 | loh8-cun5 |
| 航線（航路） | 航線（海路） | hang5-suann3(hai2-loo7) |
| 船票 | 船票 | cun5-phio3 |
| 甲板 | 甲板 | kap4-pan2 |
| 船頭 | 船頭 | cun5-thau5 |
| 船舶 | 船舶 | cun5-pik8 |
| 船艙 | 船肚（船艙） | cun5-too2(cun5-chng) |
| 船長 | 船長 | cun5-tiunn2 |
| 船員 | 行船人 | kiann5-cun5-lang5 |
| 汽艇 | 汽艇 | khi3-thing2 |
| 快艇 | 快艇 | khuai3-thing2 |
| 輪船 | 輪船 | lun5-cun5 |
| 郵輪 | 郵輪 | iu5-lun5 |
| 客輪 | 客輪 | kheh4-lun5 |
| 渡輪 | 渡輪 | too7-lun5 |
| 貨輪 | 貨輪 | hue3-lun5 |

## ❻ 捷運、火車

| 中文 | 台灣話 | 台語羅馬拼音 |
|---|---|---|
| 捷運站 | 捷運站 | ciat8-un7-cam7 |
| 新店線 | 新店線 | sin-tiam3-suann3（松山新店線） |
| 淡水線 | 淡水線 | tam7-cui2-suann3（淡水信義線） |
| 中和線 | 中和線 | tiong-ho5-suann3（中和新蘆線） |
| 板南線 | 板南線 | pan2-lam5-suann3 |
| 木柵線 | 木柵線 | bak8-sa-suann3（文湖線） |
| 入口 | 入口 | jip8-khau2 |
| 出口 | 出口 | chut4-khau2 |
| 自動售票機 | 自動售票機 | cu7-tong7-siu7-phio3-ki |
| 硬幣 | 銀角仔 | gin5-kak4-a2 |
| 紙幣 | 紙票 | cua2-phio3 |
| 價格顯示 | 價數顯示 | ke3-siau3-hian2-si7 |
| 投入口 | 投入口 | tau5-jip8-khau2 |
| 價格表 | 價數表 | ke3-siau3-pio2 |
| 磁卡 | 磁卡 | chu5-kha3 |
| 儲值卡 | 儲值卡 | thu5-tit8-kha2 |
| 月台 | 月台 | guat8-tai5 |
| 危險 | 危險 | hui5-hiam2 |
| 退後 | 退後 | the3-au7 |
| 轉車 | 轉車 | cuan2-chia |

| 中文 | 台灣話 | 台語羅馬拼音 |
|------|--------|-------------|
| **換乘站（轉乘站）** | 換乘站（轉乘站） | uann7-sing5-cam7<br>(cuan2-sing5-cam7) |
| **搭錯車** | 坐毋著車 | ce7-m7-tioh8-chia |
| **班次** | 班次 | pan-chu3 |
| **首班車** | 頭班車 | thau5-pan-chia |
| **末班車** | 尾班車 | be2-pan-chia |
| **月台服務員** | 月台服務員 | guat8-tai5-hok8-bu7-uan5 |
| **車上服務員** | 車頂服務員 | chia-ting2-hok8-bu7-uan5 |
| **普通車** | 普通車 | phoo2-thong-chia（區間車） |
| **快車** | 快車 | khuai3-chia |
| **自強號** | 自強號 | cu7-kiong5-ho7 |
| **復興號** | 復興號 | hok4-hing-ho7 |
| **莒光號** | 莒光號 | ki2-kong-ho7 |
| **時刻表** | 時刻表 | si5-khik4-pio2 |
| **對號座位** | 對號座位 | tui3-ho7-co7-ui7 |
| **無對號座位** | 無對號座位 | bo5-tui3-ho7-co7-ui7 |
| **站票** | 徛票 | khia7-phio3 |
| **坐票** | 坐票 | ce7-phio3 |
| **候車室** | 候車室 | hau7-chia-sik4 |
| **補票處** | 補票處 | poo2-phio3-chu3 |
| **遺失物品中心** | 遺失物品中心 | ui5-sit4-but8-phin2-tiong-sim |
| **留言板** | 留言板 | lau5-gian5-pan2 |
| **販賣處** | 販賣處 | huan3-be7-chu3 |
| **山洞** | 磅空 | pong7-khang |

## 台語擂臺

挑戰一下，這個台語怎麼說！

| ❶ | ❷ | ❸ | ❹ |
| --- | --- | --- | --- |
| ❺ | ❻ | ❼ | ❽ |

| | | | |
| --- | --- | --- | --- |
| ❶ 飛機 | 飛機 | fu-gi |
| ❷ 計程車 | 計程車 | ke3-thing5-chia |
| ❸ 火車 | 火車 | hi-chia |
| ❹ 捷運 | 捷運 | ciat8-un7 |
| ❺ 汽車 | 汽車 | khi2-chia |
| ❻ 摩托車 | 喔多賣（機車） | o-to-bai2 (ki-chia) |
| ❼ 腳踏車 | 腳踏車 | kha-tah8-chia |
| ❽ 船 | 船 | ciunn7-cun5 |

# 第五章

# 住在台灣

## ❶ 住宿
MP3-112

| 中文 | 台灣話 | 台語羅馬拼音 |
|------|--------|--------------|
| 飯店 | 飯店 | png7-tiam3 |
| 賓館 | 賓館 | pin-kuan2 |
| 旅館 | 旅館 | li2-kuan2 |
| 單人房間 | 單人房 | tan-jin5-pang5 |
| 雙人房間 | 雙人房 | siang-jin5-pang5 |
| 套房 | 套房 | tho3-pang5 |
| 訂房間 | 訂房間 | tiann3-pang5-king |
| 退房間 | 退房間 | the3-pang5-king |
| 鑰匙 | 鎖匙 | so2-si5 |
| 登記 | 登記 | ting-ki3 |
| 服務台 | 服務台 | hok8-bu7-tai5 |
| 小費 | 小費 | sio2-hui3 |
| 客房服務 | 客房服務 | kheh4-pang5-hok8-bu7 |

## ❷ 飯店
MP3-113

| 中文 | 台灣話 | 台語羅馬拼音 |
|------|--------|--------------|
| 希爾頓飯店 | 希爾頓飯店 | hi-ni2-tun3-png7-tiam3 |
| 圓山大飯店 | 圓山大飯店 | inn5-suann-tua7-png7-tiam3 |
| 晶華酒店 | 晶華酒店 | cing-hua5-ciu2-tiam3 |
| 凱悅大飯店 | 凱悅大飯店 | khai2-uat8-tua7-png7-tiam3<br>（君悅大飯店） |

| 中文 | 台灣話 | 台語羅馬拼音 |
|------|--------|-------------|
| 遠東國際大飯店 | 遠東國際大飯店 | uan2-tong-kok4-che3-tua7-png7-tiam3 |
| 亞都麗緻飯店 | 亞都麗緻飯店 | a2-too-le7-ti3-png7-tiam3 |
| 力霸皇冠假日大飯店 | 力霸皇冠假日大飯店 | lit8-pa3-hong5-kuan3-ka3-jit8-tua7-png7-tiam3（台北馥敦飯店） |
| 美麗華飯店 | 美麗華飯店 | bi2-le7-hua5-png7-tiam3 |
| 來來大飯店 | 來來大飯店 | lai5-lai5-tua7-png7-tiam3 |
| 環亞飯店 | 環亞飯店 | huan5-a2-png7-tiam3（王朝大酒店） |
| 福華大飯店 | 福華大飯店 | hok4-hua5-tua7-png7-tiam3 |
| 西華飯店 | 西華飯店 | se-hua5-png7-tiam3 |
| 國賓飯店 | 國賓飯店 | kok4-pin-png7-tiam3 |
| 天成大飯店 | 天成大飯店 | thian-sing5-tua7-png7-tiam3 |
| 城美大飯店 | 城美大飯店 | siann5-bi2-tua7-png7-tiam3 |
| 中國大飯店 | 中國大飯店 | tiong-kok4-tua7-png7-tiam3 |
| 朝代飯店 | 朝代飯店 | tiau5-tai7-png7-tiam3 |
| 華泰大飯店 | 華泰大飯店 | hua5-thai3-tua7-png7-tiam3 |
| 第一大飯店 | 第一大飯店 | te7-it4-tua7-png7-tiam3 |
| 康華大飯店 | 康華大飯店 | khong-hua5-tua7-png7-tiam3 |
| 華泰大飯店 | 華泰大飯店 | hua5-thai3-tua7-png7-tiam3 |
| 華國洲際飯店 | 華國洲際飯店 | hua5-kok4-ciu-ce3-png7-tiam3 |
| 中泰賓館 | 中泰賓館 | tiong-thai3-pin-kuan2（文華東方酒店） |
| 兄弟大飯店 | 兄弟大飯店 | hiann-ti7-tua7-png7-tiam3 |
| 麗晶酒店 | 麗晶酒店 | le7-ching-ciu2-tiam3 |
| 老爺酒店 | 老爺酒店 | lau7-ia5-ciu2-tiam3 |
| 豪景大酒店 | 豪景大酒店 | ho5-king2-tua7-ciu2-tiam3 |
| 六福客棧 | 六福客棧 | lak8-hok4-kheh4-can3 |

# 第六章

## 人要衣裝

### ❶ 衣著

MP3-114

| 中文 | 台灣話 | 台語羅馬拼音 |
| --- | --- | --- |
| 西裝 | 西裝 | se-cong |
| 運動服 | 運動衫 | un7-tong7-sann |
| 睡衣 | 睏衫 | khun3-sann |
| 睡袍 | 睡袍 | sui7-poo5 |
| 休閒服 | 休閒服 | hiu-han5-hok8 |
| 家居服 | 家居服 | ka-ki-hok8 |
| 晚禮服 | 晚禮服 | buan2-le2-hok8 |
| 旗袍 | 長衫 | chang5-can |
| 套裝 | 套裝 | tho3-cong |
| 童裝 | 童裝 | tong5-cong |
| 婚紗 | 婚紗 | hun-se |
| 工作服 | 工作服 | kang-coh4-hok8 |
| 制服 | 制服 | ce3-hok8 |
| 上衣 | 衫 | sann |
| 襯衫 | 蝦子（日本語） | siat4-cu |
| 白襯衫 | 白蝦子 | peh8-siat4-cu |
| 格子襯衫 | 格仔蝦子 | keh4-a2-siat4-cu |
| 花襯衫 | 花蝦子 | hue-siat4-cu |
| 毛衣 | 蓬紗衫 | phong3-se-sann |

| 中文 | 台灣話 | 台語羅馬拼音 |
|------|--------|--------------|
| 背心 | 甲仔 | kah4-a2 |
| 外套 | 外套 | gua7-tho3 |
| 風衣 | 風衣 | hong-i |
| 高領 | 懸領 | kuan5-nia2 |
| 圓領 | 圓領 | inn5-nia2 |
| V 字領 | 尖領 | ciam-nia2 |
| 短袖 | 短手綌 | te2-chiu2-ng2 |
| 長袖 | 長手綌 | tng5-chiu2-ng2 |
| 無袖 | 無手綌 | bo5-chiu2-ng2 |
| 單排扣 | 單排紐仔 | tan pai5 liu2 a2 |
| 雙排扣 | 雙排紐仔 | siang pai5 liu2 a2 |
| 鈕釦 | 紐仔 | liu2 a2 |
| 口袋 | 簏袋仔 | lak4 te7 a2 |
| 拉鍊 | 搯庫 | ciah4 khu0 |
| 布料 | 布料 | poo3-liau7 |
| 質料 | 質料 | cit4-liau7 |
| 絲質 | 絲質 | si-cit4 |
| 棉質 | 棉質 | mi5-cit4 |
| 尼龍布 | 尼龍布 | ni5 long5 poo3 |
| 防水 | 防水 | hong5-cui2 |
| 防風 | 防風 | hong5-hong |
| 款式 | 款式 | khuan2-sik4 |
| 花色 | 花色 | hue-sik4 |
| 顏色 | 色水 | sik4 cui2 |
| 褲子 | 褲 | khoo3 |

| 中文 | 台灣話 | 台語羅馬拼音 |
|------|--------|-------------|
| 西裝褲 | 西裝褲 | se-cong-khoo3 |
| 牛仔褲 | 牛仔褲 | gu5-a2-khoo3 |
| 喇叭褲 | 喇叭褲 | lat8-pah4-khoo3 |
| 短褲 | 短褲 | te2-khoo3 |
| 長褲 | 長褲 | tng5-khoo3 |
| 裙子 | 裙 | kun5 |
| 連身裙 | 連身裙 | lian5-sin-kun5 |
| 長裙 | 長裙 | tng5-kun5 |
| 短裙 | 短裙 | te2-kun5 |
| 迷你裙 | 迷你裙 | pe5-ni2-kun5 |
| 褲裙 | 褲裙 | khoo3-kun5 |
| 頭圍 | 頭圍 | thau5-ui5 |
| 胸圍 | 胸圍 | hing-ui5 |
| 腰圍 | 腰圍 | io-ui5 |
| 臀圍 | 臀圍 | thun5-ui5 |
| 身長 | 身長 | sin-tng5 |
| 腿長 | 腳腿長 | kha-thui2-tng5 |
| 大 | 大 | tua7 |
| 小 | 細 | se3 |
| 合身 | 合軀 | hap8-su |
| 寬鬆 | 寬鬆 | khuan-sang |
| 緊 | 安 | an5 |

## 30 秒記住這個說法

### 衣的世界

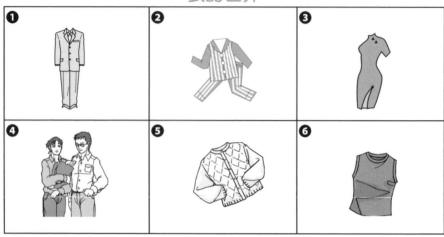

| | | | |
|---|---|---|---|
| ❶ 西裝 | 西裝 | se-cong |
| ❷ 睡衣 | 睏衫 | khun3-sann |
| ❸ 旗袍 | 長衫 | chang5-can |
| ❹ 襯衫 | 蝦子（日本語） | siat4-cu |
| ❺ 毛衣 | 蓬紗衫 | phong3-se-sann |
| ❻ 背心 | 甲仔 | kah4-a2 |

## ❷ 配件

MP3-115

| 中文 | 台灣話 | 台語羅馬拼音 |
|---|---|---|
| 襪子 | 襪仔 | bueh8-a2 |
| 絲襪 | 絲仔襪 | si-a2-bueh8 |
| 短襪 | 短襪仔 | te2-bueh8-a2 |
| 長統襪 | 長統襪 | tng5-thong2-bueh8 |
| 圍巾 | 領巾 | am7-kin |
| 絲巾 | 領巾 | nia2-kun |
| 領帶 | 呢估帶（日本語） | ne-ku-tai3 |

| 中文 | 台灣話 | 台語羅馬拼音 |
|---|---|---|
| 帽子 | 帽仔 | bo7-a2 |
| 草帽 | 草帽 | chau2-bo7 |
| 棒球帽 | 野球帽 | ia2-kiu5-bo7 |
| 鴨舌帽 | 鴨舌仔帽 | ah4-cih8-a2-bo7 |
| 斗笠 | 笠仔 | leh8-a2 |
| 腰帶（皮帶） | 腰帶（皮帶） | io-tua3(phue5-tua3) |
| 手套 | 手囊 | chiu2-long5 |
| 手帕 | 手巾仔 | chiu2-kun-a2 |

## 30 秒記住這個說法！

### 打點你的行頭

| | | |
|---|---|---|
| ❶ 絲襪 | 絲仔襪 | si-a2-bueh8 |
| ❷ 圍巾 | 領巾 | am7-kin |
| ❸ 絲巾 | 領巾 | nia2-kun |
| ❹ 領帶 | 呢估帶（日本語） | ne-ku-tai3 |
| ❺ 帽子 | 帽仔 | bo7-a2 |
| ❻ 棒球帽 | 野球帽 | ia2-kiu5-bo7 |
| ❼ 手套 | 手囊 | chiu2-long5 |
| ❽ 手帕 | 手巾仔 | chiu2-kun-a2 |

## ❸ 皮包

| 中文 | 台灣話 | 台語羅馬拼音 |
|---|---|---|
| 錢包（皮夾） | 皮包仔 | phue5-pau-a2 |
| 鑰匙包 | 鎖匙包 | so2-si5-pau |
| 手提包 | 手袋仔 | chiu2-te5-a2 |
| 旅行袋 | 旅行袋 | lu2-hing5-te5 |
| 背包 | 背包 | pue3-pau |
| 公事包 | 公事包 | kong-su7-pau |
| 書包 | 冊包 | cheh4-pau |
| 手提箱 | 手提箱 | chiu2-te5-siunn |
| 化妝箱 | 化妝箱 | hue3-cng-siunn |
| 旅行箱 | 旅行箱 | lu2-hing5-siunn |

## ❹ 首飾

| 中文 | 台灣話 | 台語羅馬拼音 |
|---|---|---|
| 鑽石 | 璇石 | suan7-cioh8 |
| 寶石 | 寶石 | po2-cioh8 |
| 黃金 | 黃金 | ng5-kim |
| 銀 | 銀 | gin5 |
| 琥珀 | 琥珀 | hoo2-phik4 |
| 珍珠 | 珍珠 | tin-cu |
| 手錶 | 手錶仔 | chiu2-pio2-a2 |
| 手鐲（手鍊） | 手環（手鍊） | chiu2-khuan5(chiu2-lian7) |
| 戒指 | 手指 | chiu2-ci2 |
| 項鍊 | 珮鍊 | phuah8-lian7 |
| 耳環 | 耳鉤 | hi7-kau |
| 別針 | 拼針 | pin2-ciam |
| 領帶夾 | 呢估帶拼 | ne-ku-tai3-pin2 |
| 珠寶 | 珠寶 | cu-po2 |

## 30 秒記住這個說法！

### 珠光寶氣

| ❶ | ❷ | ❸ |
|---|---|---|
| ❹ | ❺ | ❻ |

| ❶ 鑽石 | 璇石 | suan7-cioh8 |
|---|---|---|
| ❷ 手鐲（手鍊） | 手環（手鍊） | chiu2-khuan5(chiu2-lian7) |
| ❸ 戒指 | 手指 | chiu2-ci2 |
| ❹ 項鍊 | 珮鍊 | phuah8-lian7 |
| ❺ 耳環 | 耳鉤 | hi7-kau |
| ❻ 別針 | 拼針 | pin2-ciam |

## ❺ 鞋子

MP3-118

| 中文 | 台灣話 | 台語羅馬拼音 |
|---|---|---|
| 皮鞋 | 皮鞋 | phe5-e5 |
| 高跟鞋 | 懸踏 | kuan5-tah8 |
| 運動鞋 | 運動鞋 | un7-tong7-e5 |
| 平底鞋 | 平底鞋 | pinn5-te2-e5 |
| 布鞋 | 布鞋 | poo3-e5 |

| 中文 | 台灣話 | 台語羅馬拼音 |
|------|--------|--------------|
| 拖鞋 | 淺拖 | chian2-thua |
| 涼鞋 | 涼鞋 | liang5-e5 |
| 長靴 | 長靴 | tng5-hia |
| 雨鞋 | 雨鞋 | hoo7-e5 |
| 繡花鞋 | 繡花鞋 | siu3-hue-e5 |
| 木屐 | 木屐（柴屐） | bak8-kiah8(cha5-kiah8) |
| 蛇皮 | 蛇皮 | cua5-phue5 |
| 鱷魚皮 | 鱷魚皮 | khok8-hi5-phue5 |
| 真皮 | 真皮 | cin-phue5 |
| 人工皮 | 人工皮 | jin5-kang-phue5 |
| 鞋帶 | 鞋帶 | e5-tua3 |
| 鞋墊 | 鞋苴 | e5-cu7 |
| 鞋跟 | 鞋屜 | e5-kiah8 |
| 牌子 | 牌子 | pai5-cu2 |
| 試穿 | 試穿 | chi3-ching7 |
| 尺寸 | 寸尺 | chun3-chioh4 |
| 大小 | 大細 | tua7-se3 |

# 第七章

## 日用品篇

### ❶ 電器用品

MP3-119

| 中文 | 台灣話 | 台語羅馬拼音 |
|------|--------|-------------|
| 電視機 | 電視機 | tian7-si7-ki |
| 說明書 | 說明書 | suat4-bing5-su |
| 保證書 | 保證書 | po2-ching3-su |
| 保證期限 | 保證期限 | po2-cng3-ki5-han7 |
| 操作說明 | 操作說明 | chau-cok4-suat4-bing5 |
| 使用方法 | 使用方法 | su2-iong7-hong-huat4 |
| 功能 | 功能 | kong-ling5 |
| 頻道 | 頻道 | pin5-to7 |
| 音量 | 音量 | im-liong7 |
| 彩色 | 彩色 | chai2-sik4 |
| 黑白 | 烏白 | oo-peh8 |
| 明亮 | 明亮 | bing5-liang7 |
| 影像 | 影像 | eng2-siong7 |
| 畫質 | 畫質 | ue7-cit4 |
| 插頭 | 插頭 | chah4-thau5 |
| 插座 | 插座 | chah4-co7 |

| 中文 | 台灣話 | 台語羅馬拼音 |
| --- | --- | --- |
| 電線 | 電線 | tian7-suann3 |
| 電壓 | 電壓 | tian7-ap4 |
| 電池 | 電池 | tian7-ti5 |
| 開關 | 開關 | khai-kuan |
| 打開 | 拍開 | phah4-khui |
| 關掉 | 關掉 | kuainn-tiau7 |
| 調整 | 調整 | tiau5-cing2 |
| 選擇 | 選擇 | suan2-tik8 |
| 押（按） | 揤 | jih8(chih8) |
| 錄放影機 | 錄放影機 | lok8-hong3-iann2-ki |
| 錄影帶 | 錄影帶 | lok8-iann2-tua3 |
| 預錄 | 預錄 | u7-lok8 |
| 定時關機 | 定時關機 | ting7-si5-kuainn-ki |
| 播放 | 播放 | po3-hong3 |
| 長度 | 長度 | tng5-too7 |
| 故障 | 故障 | koo3-ciong3 |
| 音響 | 音響 | im-hiong2 |
| 床頭音響 | 床頭音響 | chng5-thau5-im-hiong2 |
| 收音機 | 收音機（拉力喔） | siu-im-ki(la-li-o) |
| 錄音機 | 錄音機 | lok8-im-ki |
| 卡帶 | 帖不（日本語） | the-phu |
| 喇叭 | 喇叭 | lat4-pah4 |

| 中文 | 台灣話 | 台語羅馬拼音 |
|---|---|---|
| 音效 | 音效 | im-hau7 |
| 磁頭 | 磁頭 | cu5-thau5 |
| 麥克風 | 麥庫（日本語） | mai-ku |
| 電冰箱 | 電冰箱 | tian7-ping-siunn |
| 單門 | 單門 | tan-mng5 |
| 雙門 | 雙門 | siang-mng5 |
| 冷凍 | 冷凍 | ling2-tong3 |
| 冷藏 | 冷藏 | ling2-cong5 |
| 溫度 | 溫度 | un-too7 |
| 攝氏五度 | 攝氏五度 | siap8-si7-goo7-too7 |
| 零下一度 | 零下一度 | ling5-ha7-cit8-too7 |
| 製冰盒 | 製冰盒 | ce3-ping-ah8 |
| 保鮮盒 | 保生盒 | po2-chenn-ah8 |
| 果菜箱 | 果菜箱 | ko2-chai3-siunn |
| 飲料架 | 飲料架 | im2-liau7-ke3 |
| 除臭裝置 | 除臭裝置 | tu5-chau3-cong-ti3 |
| 退冰 | 退冰 | the3-ping |
| 冰塊 | 冰角 | ping-kak4 |
| 霜 | 霜 | sng |
| 冷媒 | 冷媒 | ling2-bue5 |
| 漏水 | 漏水 | lau7-cui2 |
| 語音智慧冰箱 | 語音智慧冰箱 | gi2-im-ti3-hui7-ping-siunn |

| 中文 | 台灣話 | 台語羅馬拼音 |
|------|--------|--------------|
| 電風扇 | 電風 | tian7-hong |
| 箱扇 | 箱扇 | siunn-sinn3 |
| 吊扇 | 吊扇 | tiau3-sinn3 |
| 風速 | 風速 | hong-sok4 |
| 強 | 強 | kionn7 |
| 中 | 中 | tiong |
| 弱 | 弱 | jiok8 |
| 安全護網 | 安全護網 | an-cuan5-hoo7-bang7 |
| 定時 | 定時 | ting7-si5 |
| 冷氣機 | 冷氣機 | ling2-khi3-ki |
| 功能 | 功能 | kong-ling5 |
| 省電 | 省電 | sing2-tian7 |
| 靜音 | 靜音 | ching7-im |
| 抗菌 | 抗菌 | khong3-kun7 |
| 微電腦控溫 | 微電腦控溫 | bi5-tian7-nau2-khang3-un |
| 電話機 | 電話機 | tian7-ue7-ki |
| 無線電話 | 無線電話 | bu5-suann3-tian7-ue7 |
| 有線電話 | 有線電話 | iu2-suann3-tian7-ue7 |
| 來電顯示功能 | 來電顯示功能 | lai5-tian7-hian2-si7-kong-ling5 |
| 答錄機 | 答錄機 | tap4-lok8-ki |
| 分機 | 分機 | hun-ki |
| 總機 | 總機 | cong2-ki |

| 中文 | 台灣話 | 台語羅馬拼音 |
| --- | --- | --- |
| 話筒 | 話筒 | ue7-tong5 |
| 重撥 | 重撥 | tiong7-poo2 |
| 速撥 | 速撥 | sok4-poo2 |
| 保留 | 保留 | po2-liu5 |
| 等待 | 等待 | tan2-thai7 |
| 轉接 | 轉接 | cuan2-ciap4 |
| 內線 | 內線 | lai7-suann3 |
| 佔線 | 佔線 | ciam3-suann3 |
| 充電 | 充電 | chiong-tian7 |
| 記憶號碼 | 記憶號碼 | ki3-ik4-ho7-ma2 |
| 電燈 | 電火 | tian7-hue3 |
| 日光燈 | 日光燈 | jit8-kong-ting |
| 檯燈 | 檯燈 | tai5-ting |
| 吊燈 | 吊燈 | tiau3-ting |
| 燈罩 | 燈罩 | ting-tau3 |
| 燈泡 | 電火球仔 | tian7-hue2-kiu5-a2 |
| 洗衣機 | 洗衫機 | se2-sann-ki |
| 脫水機 | 脫水機 | thuat4-cui2-ki |
| 烘衣機 | 烘衫機 | hong-sann-ki |
| 不銹鋼 | 白鐵仔<br>（斯店類蘇，日本語） | peh8-thih4-a2<br>(sir7-ten2-le3-sir3) |
| 單槽 | 單槽 | tan-cho5 |
| 雙槽 | 雙槽 | siang-cho5 |
| 洗淨 | 洗淨 | se2-cing7 |

| 中文 | 台灣話 | 台語羅馬拼音 |
|---|---|---|
| 脫水 | 脫水 | thuah4-cui2 |
| 容量 | 容量 | iong5-liong7 |
| 排油煙機 | 排油煙機 | pai5-iu5-ian-ki |
| 濾油網 | 濾油網 | li7-iu5-bang |
| 瓦斯爐 | 瓦斯爐 | ga2-su-loo5 |
| 瓦斯 | 瓦斯 | ga2-su |
| 微波爐 | 微波爐 | bi5-pho-loo5 |
| 飯鍋 | 飯坩 | png7-khann |
| 電子鍋 | 電子鍋 | tian7-cu2-ko |
| 果汁機 | 果汁機 | ko-ciap8-ki |
| 打蛋器 | 拍卵器 | phah4-nng7-khi3 |
| 咖啡壺 | 咖啡壺 | ka-pi-hoo5 |
| 熱水瓶 | 滾水罐 | kun2-cui2-kuan3 |
| 飲水機 | 飲水機 | im2-cui2-ki |
| 生水 | 生水 | chenn-cui2 |
| 開水 | 滾水 | kun2-cui2 |
| 沸點 | 沸點 | hut4-tiam2 |
| 空氣清淨機 | 空氣清淨機 | khong-khi3-cheng-cing7-ki |
| 暖爐 | 暖爐 | luan2-loo5 |
| 吹風機 | 吹風機 | chue-hong-ki |
| 自動裁縫機 | 自動裁縫機 | cu7-tong7-chai5-hong5-ki |
| 吸塵器 | 吸塵器 | khip4-tin5-khi3 |
| 照相機 | 翕相機（卡麥拉） | hip4-siong3-ki(kha-me-la3) |
| 攝影機 | 攝影機 | liap4-iann2-ki |

# 台語擂臺

## 挑戰一下，這個台語怎麼說！

| | |
|---|---|
| ❶ | ❷ |
| ❸ | ❹ |
| ❺ | ❻ |
| ❼ | ❽ |
| ❾ | ❿ |
| ⓫ | ⓬ |

| | | | |
|---|---|---|---|
| ❶ 電視機 | 電視機 | tian7-si7-ki |
| ❷ 收音機 | 收音機（拉机唷） | siu-im-ki(la-li-o) |
| ❸ 電冰箱 | 冰箱 | ping-siunn |
| ❹ 電風扇 | 電風 | tian7-hong |
| ❺ 冷氣機 | 冷氣機 | ling2-khi3-ki |
| ❻ 電話 | 電話 | tian7-ue7 |
| ❼ 電燈 | 電燈 | tian7-hue3 |
| ❽ 洗衣機 | 洗衣機 | se2-sann-ki |
| ❾ 電鍋 | 電子鍋 | tian7-cu2-ko |
| ❿ 吹風機 | 吹風機 | chue-hong-ki |
| ⓫ 照相機 | 照相機（卡麥拉） | hip4-siong3-ki(kha-me-la3) |
| ⓬ 錄影機 | 錄影機 | lok8-hong3-iann2-ki |

## ❷ 家具

| 中文 | 台灣話 | 台語羅馬拼音 |
| --- | --- | --- |
| 床 | 棉床 | bun5-chng5 |
| 彈簧床 | 膨床 | phong3-chng5 |
| 單人床 | 單人床 | tan-jin5-chng5 |
| 雙人床 | 雙人床 | siang-jin5-chng5 |
| 雙層床 | 雙層床 | siang-can3-chng5 |
| 兒童床 | 囡仔床 | gin2-a2-chng5 |
| 嬰兒床 | 幼囝仔床 | iu3-kiann2-a2-chng5 |
| 床頭櫃 | 床頭櫃 | chng5-thau5-kui7 |
| 棉被 | 棉被 | mi5-phue7 |
| 蠶絲被 | 娘仔絲被 | niu5-a2-si-phue7 |
| 床墊 | 床墊 | chng5-tiam3 |
| 床單 | 床巾 | chng5-kin |
| 床罩 | 床罩 | chng5-tau3 |
| 枕頭 | 枕頭 | cim2-thau5 |
| 枕頭套 | 枕頭套 | cim2-thau5-tho3 |
| 抱枕 | 抱枕 | pho7-cim2 |
| 毛毯 | 毛毯 | mng5-than2 |
| 涼被 | 涼被 | liong5-phue7 |
| 涼蓆 | 涼蓆 | liong5-chioh8 |
| 蚊帳 | 蠓罩 | bang2-tau3 |
| 蚊香 | 蚊仔薰 | bang2-a2-hun |

226

| 中文 | 台灣話 | 台語羅馬拼音 |
|------|--------|--------------|
| 書桌 | 冊桌仔 | cheh4-toh4-a2 |
| 書櫃 | 冊櫃 | cheh4-kui7 |
| 書架 | 冊架仔 | cheh4-ke3-a2 |
| 抽屜 | 屜仔 | thuah4-a2 |
| 電腦桌 | 電腦桌 | tian7-nau2-toh4 |
| 梳妝台 | 梳妝台 | se-cong-tai5 |
| 茶几 | 几桌仔 | ki2-toh4-a2 |
| 椅子 | 椅仔 | i2-a2 |
| 沙發 | 膨椅 | phong3-i2 |
| 搖椅 | 安樂椅 | an-lok8-i2 |
| 板凳 | 椅條仔 | i2-tiau5-a2 |
| 折疊椅 | 折疊椅 | ciat4-tiap8-i2 |
| 衣櫥 | 衫櫥仔 | sann-tu5-a2 |
| 衣架 | 衫架仔 | sann-ke3-a2 |
| 帽架 | 帽架 | bo7-ke3 |
| 鞋櫃 | 鞋櫥仔 | e5-tu5-a2 |
| 鞋架 | 鞋架仔 | e5-ke3-a2 |
| 電視架 | 電視架 | tian7-si7-ke3 |
| 雨傘架 | 雨傘架 | hoo7-suann3-ke3 |
| 窗簾 | 卡墊（外來語） | khah5-tiam7 |
| 坐墊 | 坐墊 | ce7-tiam7 |
| 花瓶 | 花矸 | hue-kan |

| 中文 | 台灣話 | 台語羅馬拼音 |
|------|--------|------------|
| 時鐘 | 時鐘 | si5-cing |
| 掛鐘 | 掛鐘 | kua2-cing |
| 鬧鐘 | 鬧鐘 | nau7-cing |
| 垃圾桶 | 糞埽桶 | pun3-so3-thang2 |
| 運送 | 運送 | un7-sang3 |
| 運費 | 運費 | un7-hui3 |
| 組裝 | 組裝 | coo2-cng |
| 酒櫃 | 酒櫃 | ciu2-kui7 |
| 夜壺 | 夜壺 | ia7-hoo5 |

## ❸ 廚房用品、雜物

MP3-121

| 中文 | 台灣話 | 台語羅馬拼音 |
|------|--------|------------|
| 鍋子 | 鼎 | tiann2 |
| 鏟子 | 煎匙 | cian-si5 |
| 杯子 | 杯仔 | pue-a2 |
| 咖啡杯 | 咖啡杯 | ka-pi-pue |
| 保溫杯 | 保溫杯 | po2-un-pue |
| 菜刀 | 菜刀 | chai3-to |
| 抹布 | 桌布 | toh4-poo3 |
| 塑膠袋 | 塑膠橐仔 | sok4-ka-lok4-a2 |
| 橡皮筋 | 樹奶根 | chiunn7-ni-kun |
| 電鍋 | 電鍋 | tian7-ko |
| 冰箱 | 冰箱 | ping-siunn |

| 中文 | 台灣話 | 台語羅馬拼音 |
| --- | --- | --- |
| 抽油煙機 | 抽油煙機 | thiu-iu5-ian-ki |
| 瓦斯爐 | 瓦斯爐 | ga2-su-loo5 |
| 砧板 | 砧 | tiam |
| 烤爐 | 烘爐 | hang-loo5 |
| 電磁爐 | 電磁爐 | tian7-cu5-loo5 |
| 熱水瓶 | 滾水罐 | kun2-cui2-kuan3 |
| 微波爐 | 微波爐 | bi5-pho-loo5 |
| 洗碗精 | 洗碗精 | se2-uann2-cing |
| 牙籤 | 齒托 | khi2-thok4 |
| 餐桌 | 食飯桌 | ciah8-png7-toh4 |
| 碗櫃 | 碗櫃 | uann2-kui7 |
| 碗 | 碗 | uann2 |
| 湯碗 | 湯碗 | thng-uann2 |
| 鐵碗 | 鐵碗 | thih4-uann2 |
| 瓷碗 | 瓷碗 | hui5-uann2 |
| 盤子 | 盤仔 | puann5-a2 |
| 碟子 | 碟仔 | tih8-a2 |
| 茶杯 | 茶杯 | te5-pue |
| 玻璃杯 | 玻璃杯仔 | po-le5-pue-a2 |
| 湯匙 | 湯匙仔 | thng-si5-a2 |
| 筷子 | 箸 | ti7 |
| 叉子 | 籤仔 | chiam2-a2 |
| 刀 | 刀 | to |
| 夾子 | 夾仔 | giap4-a2 |

| 中文 | 台灣話 | 台語羅馬拼音 |
|---|---|---|
| 炒菜鍋 | 炒菜鼎 | cha2-chai3-tiann |
| 湯鍋 | 湯鍋 | thng-ko |
| 水壺（茶壺） | 茶鈷 | te5-koo2 |
| 勺子 | 勘仔 | khat4-a2 |
| 缸 | 缸 | kong |
| 籃子 | 籃仔 | na5-a2 |
| 蒸籠 | 籠床 | lang5-sng5 |
| 濾網 | 濾網 | li7-ban |
| 米篩 | 米篩 | bi2-su |
| 紗布 | 紗布 | se-poo3 |
| 畚箕 | 糞斗 | pun3-tau2 |
| 掃把 | 掃帚 | sau3-ciu2 |
| 竹竿 | 竹篙 | tik4-ko |

# ❹ 雜貨

| 中文 | 台灣話 | 台語羅馬拼音 |
|---|---|---|
| 米 | 米 | bi2 |
| 糯米 | 秫米 | cut8-bi2 |
| 糙米 | 糙米 | cho3-bi2 |
| 冬粉（粉絲） | 冬粉（粉絲） | tang-hun2(hun2-si) |
| 麵條 | 麵條 | mi7-tiau5 |
| 泡麵 | 泡麵 | phau7-mi7 |
| 義大利麵 | 義大利麵 | gi-ta-li-mi7 |
| 麵粉 | 麵粉 | mi7-hun2 |

| 中文 | 台灣話 | 台語羅馬拼音 |
|------|--------|-------------|
| 太白粉 | 太白粉 | thai3-peh8-hun2 |
| 地瓜粉 | 番薯粉 | han-cu5-hun2 |
| 發粉 | 發粉 | huat4-hun2 |
| 罐頭 | 罐頭 | kuan3-thau5 |
| 奶粉 | 牛奶粉 | gu5-ling-hun2 |
| 咖啡粉 | 咖啡粉 | ka-pi-hun2 |
| 奶精 | 奶精 | ni-cinn |
| 砂糖 | 砂糖 | sua-thng5 |
| 冰糖 | 冰糖 | ping-thng5 |
| 黑糖 | 烏糖 | oo-thng5 |
| 煉乳 | 煉乳 | lian7-lu2 |
| 茶葉 | 茶米 | te5-bi2 |
| 綠豆 | 綠豆 | lik8-tau7 |
| 紅豆 | 紅豆 | ang5-tau7 |
| 花豆 | 花豆 | hue-tau7 |
| 薏仁 | 薏仁 | i3-jin5 |
| 麥片 | 麥片 | beh4-phinn |
| 花生 | 土豆 | thoo5-tau7 |
| 紅棗 | 紅棗 | ang5-co2 |
| 桂圓 | 桂圓 | kui3-inn5 |
| 蓮子 | 蓮子 | lian5-ci2 |
| 黑芝麻 | 烏麻 | oo-mua5 |
| 腰果 | 腰果 | io-ko2 |

## ❺ 調味品

| 中文 | 台灣話 | 台語羅馬拼音 |
|------|--------|--------------|
| 醬油 | 豆油 | tau7-iu5 |
| 黑醋 | 烏醋 | oo-choo3 |
| 白醋 | 白醋 | peh8-choo3 |
| 米酒 | 米酒 | bi2-ciu2 |
| 蔥 | 蔥仔 | chang-a2 |
| 薑 | 薑 | kiunn |
| 蒜 | 蒜頭 | suan3-thau5 |
| 辣椒 | 番薑仔 | huan(hiam)-kiunn-a2 |
| 胡椒粉 | 胡椒粉 | hoo5-cio-hun2 |
| 甜辣醬 | 甜辣醬 | tinn-hiam-ciunn3 |
| 豆瓣醬 | 豆瓣醬 | tau7-ban7-ciunn3 |
| 沙茶醬 | 沙茶醬 | sa-te-ciunn3 |
| 豆腐乳 | 豆乳 | tau7-ju2 |
| 鹽巴 | 鹽 | iam5 |
| 味精 | 味素粉 | bi7-soo3-hun2 |
| 醬油膏 | 豆油膏 | tau7-iu5-ko |
| 沙拉油 | 沙拉油 | sa-la-iu5 |
| 花生油 | 土豆油 | thoo5-tau7-iu5 |
| 橄欖油 | 橄欖油 | kann-lam2-iu5 |
| 麻油 | 麻油 | mua5-iu5 |
| 豬油 | 豬油 | ti-iu5 |

| 中文 | 台灣話 | 台語羅馬拼音 |
|------|--------|--------------|
| 蠔油 | 蠔油 | ho5-iu5 |
| 蝦醬 | 蝦醬 | he5-ciunn3 |
| 辣椒粉 | 番薑仔粉 | huan(hiam)-kiunn-a2-hun2 |
| 五香粉 | 五香粉 | goo7-hiong-hun2 |
| 咖哩粉 | 咖哩粉 | ka-li5-hun2 |
| 醋 | 醋 | choo3 |
| 辣椒醬 | 番薑仔醬 | huan(hiam)kiunn-a2-ciunn3 |
| 黑芝麻醬 | 烏麻醬 | oo-mua5-ciunn3 |
| 桂花醬 | 桂花醬 | kui3-hue-ciunn3 |
| 油蔥酥 | 油蔥酥 | iu5-chang-soo |
| 豆豉 | 豆豉 | tau7-sinn7 |
| 花椒 | 花椒 | hue-cio |
| 八角 | 八角 | peh4-kak4 |
| 粽葉 | 粽葉 | cong3-hioh8 |

## ❻ 藥料

MP3-124

| 中文 | 台灣話 | 台語羅馬拼音 |
|------|--------|--------------|
| 茯苓 | 茯苓 | hok8-ling5 |
| 芡實 | 芡實 | khiam3-sit8 |
| 人參 | 參仔 | sim-a2 |
| 川芎 | 川芎 | chuan-kiong |
| 黨參 | 黨參 | tong2-sann |

PART 2

單字篇

| 中文 | 台灣話 | 台語羅馬拼音 |
|------|--------|--------------|
| 熟地 | 熟地 | sik8-te7 |
| 玉竹 | 玉竹 | gik8-tik4 |
| 肉桂 | 肉桂 | jiok8-kui3 |
| 陳皮 | 陳皮 | tin5-phi5 |
| 仙楂 | 山查 | san-ca |
| 枸杞 | 枸杞 | koo2-khi2 |
| 甘草 | 甘草 | kam-cho2 |
| 茴香 | 茴香 | hue5-hiong |
| 淮山 | 淮山 | huai5-san |
| 丁香 | 丁香 | ting-hionn |
| 肉蔻 | 肉蔻 | jiok8-khoo3 |
| 當歸 | 當歸 | tong-kui |
| 冬蟲夏草 | 冬蟲夏草 | tong-thiong5-ha7-cho2 |

## ❼ 清潔用品　　　　　　　　　　　　MP3-125

| 中文 | 台灣話 | 台語羅馬拼音 |
|------|--------|--------------|
| 牙刷 | 齒抿 | khi2-bin2 |
| 牙籤 | 齒托 | khi2-thok4 |
| 電動牙刷 | 電動齒抿 | tian7-tong7-khi2-bin2 |
| 牙膏 | 齒膏 | khi2-ko |
| 牙粉 | 齒粉 | khi2-hun2 |
| 刮鬍刀 | 摳嘴鬚刀 | khau-chui3-chiu-to |

| 中文 | 台灣話 | 台語羅馬拼音 |
| --- | --- | --- |
| 肥皂 | 雪文 | sap4-bun5 |
| 洗髮精 | 洗髮精 | se2-huat4-cing |
| 毛巾 | 面巾 | bin7-kin |
| 浴巾 | 浴巾 | ik8-kin |
| 浴袍 | 浴袍 | ik8-poo5 |
| 臉盆 | 面桶 | bin7-thang |
| 瓢 | 摳仔 | khok4-a2 |
| 洗衣粉 | 洗衫粉 | se-sann-hun2 |
| 洗衣肥皂 | 洗衫雪文 | se-sann-sap4-bun5 |
| 刷子 | 嚕仔 | lu-a2 |
| 洗衣板 | 洗衫板 | se-sann-pang |
| 橡皮手套 | 樹奶手套 | chiu7-ni-chiu2-tho |
| 漂白水 | 漂白水 | phiau-peh8-cui2 |
| 洗碗精 | 洗碗精 | se-uann2-cing |
| 菜瓜布 | 菜瓜布 | chai3-kue-poo3 |
| 樟腦丸 | 臭丸 | chau3-uan5 |
| 衛生紙 | 衛生紙 | ue7-sing-cua2 |
| 抽取衛生紙 | 抽取衛生紙 | thiu-chu2-ue7-sing-cua2 |
| 捲筒衛生紙 | 捲筒衛生紙 | kng2-thang2-ue7-sing-cua2 |
| 衛生棉 | 衛生棉 | ue7-sing-mi5 |
| 尿布 | 尿苴仔 | jio7-cu7-a2 |

## ❽ 保養品

| 中文 | 台灣話 | 台語羅馬拼音 |
| --- | --- | --- |
| 化妝棉 | 化妝棉 | hua3-cong-mi5 |
| 化妝水 | 化妝水 | hua3-cong-cui2 |
| 防水性 | 防水性 | hong5-cui2-sing3 |
| 親水性 | 親水性 | chin-cui2-sing3 |
| 嬰兒油 | 嬰兒油 | ing-ji5-iu5 |
| 面霜 | 面油 | bin7-iu5 |
| 挽面 | 挽面 | ban2-bin7 |
| 去油 | 去油 | khi3-iu5 |
| 青春痘 | 條仔子 | thiau5-a2-ci2 |
| 雀斑 | 雀斑 | chiok4-pan |
| 黑斑 | 烏班 | oo-pan |
| 疤痕 | 疤痕 | pa-hun5 |
| 痣 | 痣 | ki3 |
| 油性皮膚 | 油性皮膚 | iu5-sing3-phue5-hu |
| 乾性皮膚 | 乾性皮膚 | ta-sing3-phue5-hu |
| 混和性皮膚 | 混合性皮膚 | hun7-hap8-sing3-phue5-hu |
| 過敏性皮膚 | 過敏性皮膚 | kue3-bin2-sing3-phue5-hu |

## ❾ 化妝品

| 中文 | 台灣話 | 台語羅馬拼音 |
| --- | --- | --- |
| 蜜粉 | 膨粉 | phong3-hun2 |

| 中文 | 台灣話 | 台語羅馬拼音 |
|------|--------|-------------|
| 粉條 | 粉條 | hun2-tiau5 |
| 眉形 | 眉形 | bi5-hing5 |
| 眉毛 | 目眉 | bak8-bai5 |
| 眼睫毛 | 目睭毛 | bak4-chiu-moo |
| 假睫毛 | 假目睭毛 | ke2-bak4-chiu-moo |
| 睫毛膏 | 目睭毛膏 | bak4-chiu-moo-ko |
| 眼線筆 | 眼線筆 | gan2-suann3-pit4 |
| 腮紅 | 水紅仔粉 | cui2-ang5-a2-hun2 |
| 護唇膏 | 護脣膏 | hoo7-tun5-ko |
| 口紅 | 胭脂 | ian-ci |
| 口紅筆 | 胭脂筆 | ian-ci-pit4 |
| 指甲油 | 指甲花 | cing2-kah4-hue |
| 去光水 | 去光水 | khi3-kong-cui2 |
| 假指甲 | 假指甲 | ke2-cing2-kah4 |
| 香水 | 芳水 | phong-cui2 |
| 髮膠 | 頭毛油 | thau5-mng5-iu5 |

國家圖書館出版品預行編目資料

第一次學台灣話,超簡單!/張瑪麗編著. -- 增訂2版.
-- 新北市:哈福企業有限公司, 2023.11

　面; 　公分. --(台語系列;3)
ISBN 978-626-97451-9-7(平裝)
1.CST: 臺語 2.CST: 讀本
803.38　　　　　　　　　　112015981

**免費下載QR Code音檔**
**行動學習,即刷即聽**

# 第一次學台灣話,超簡單!增訂版
## (附QR Code 行動學習音檔)

編著╱張瑪麗
責任編輯╱Judy Wu
封面設計╱李秀英
內文排版╱林樂娟
出版者╱哈福企業有限公司
地址╱新北市淡水區民族路110 巷38 弄7 號
電話╱(02) 2808-4587
傳真╱(02) 2808-6545
郵政劃撥╱31598840
戶名╱哈福企業有限公司
出版日期╱2023 年 11 月
台幣定價╱379 元(附QR Code 線上MP3)
港幣定價╱126 元(附QR Code 線上MP3)
封面內文圖/ 取材自Shutterstock

全球華文國際市場總代理╱采舍國際有限公司
地址╱新北市中和區中山路2段366巷10號3樓
電話╱(02) 8245-8786 傳真╱(02) 8245-8718
網址╱www.silkbook.com 新絲路華文網

香港澳門總經銷╱和平圖書有限公司
地址╱香港柴灣嘉業街12 號百樂門大廈17 樓
電話╱(852) 2804-6687
傳真╱(852) 2804-6409